リュリュの秘奥は、執拗な愛撫に淫液を垂らしている。それに気づかれたことも羞恥を煽るけれど、目の前のラウールの表情もまた、リュリュをここからの逃避に誘う。
「リュリュが感じているのは……オメガだからか？　それとも、俺と……俺に、こうされているからか？」
（本文より）

黒獣王の珠玉　愛淫オメガバース

SAHO HARUNO

はるの紗帆

Illustration

Ciel

SLASH
B-BOY NOVELS

この物語はフィクションであり、実際の人物・
団体・事件等とは、一切関係ありません。

CONTENTS

黒獣王の珠玉

episode.1【春の園】

ふわり、と暖かい風が吹く。

穏やかなそれは、リュリュの銀色の髪をさらさらと揺らした。後ろ髪だけを長く残して、耳もとは不規則に短く刈ってある。毛先は頬をくすぐって、無意識のうちにリュリュは何度も頬を爪で引っ掻いていた。

「ラウールさま？」

声をあげたけれど、その姿はどこにも見当たらない。目を凝《こ》らして遠くを見ようとするけれど、視界に映るのは鴇《とき》色、灰梅《はいうめ》、淡紅藤《うすべにふじ》。それらの奇しき色が青空との境界に紛れてしまいそうな、幼児が思うがままに絵の具を重ね塗りしたかのような光景が広がっている。

あたりには、誰の気配もない。どこまでもどこまでも、世界の先々にまでつながっていそうなたったひとりの空間を、リュリュは歩いた。不揃いの形をした名前も知らない花々が、衣装の裾をくすぐっている。流れる風とともに花の香が舞い、ここにずっといると、自分が生きているという感覚も、時間の感覚も狂ってしまいそうだ。

「ラウール、さま」

そんな世界の中にあって、リュリュは懸命にあるじの名を呼んだ。それだけが自分を、現実の世界につなげていてくれる楔《くさび》のように思える。

「ラウール……さ、ま……」

リュリュの声は震えて、そんな自分がいまにも消えてしまいそうだと思った。恐怖を抱いているのかもしれない。今さら、なにを。自嘲《じちょう》しようとしたけれど、笑い声は咽喉の奥で潰れて、消えてしまった。

「……ラ、ウ……」

「わっ！」

いきなりの大声に、リュリュは大きく飛び跳ねた。まるでうさぎかなにかのように、本当にぴょんと跳ねたのだ。

「ははっ、リュリュ、うさぎみたい」

「ラウールさま……」

心臓が、口から出そうになった。リュリュは左胸に手を置いて、すると見あげてくる大きな金色の目は楽しいものを見つけたかのように、きらきらとしている。

「びっくりした？　俺、ずっとリュリュを見てたんだけど」

「何度もお呼びいたしましたが」

まさにいたずらっ子そのものの、輝く瞳がリュリュを見ていた。それに向かってリュリュは、できるだけ守り係らしい威厳を見せようと努めた。

「見ていらしたのに、お返事してくださらないとはおひどい」

「ふふ」

リュリュを見あげながら、ラウールはそのまわりをくるくるとまわる。彼のふわふわとした黒い髪が、風に揺れた。

生まれたときから彼の髪は濃くしっかりとしていたけれど、それでも彼はまだ五歳なのだ。まだまだ子供、というよりも幼児とでもいうべきだろう。それでもその、磨いた黒耀石《こくようせき》のような大きな瞳は、日光を受けてきらきらと輝く。それが眩《まぶ》しくて、リュリュは何度もまばたきをした。

「ここは、いつも誰もいないから」

そう言ってラウールは、リュリュから離れた。また花畑の中を駆けていこうとするのを、リュリュは反射的に手を伸ばしてつかまえた。

「どこにおいでになるのですか。ブリュノさまがお捜しでしたよ」

「ええ……」

今まで、子供らしく元気に弾んでいたラウールの声が、一気にしぼんだ。この国の未来を担《にな》う運命に近いはずの幼い王子の、そのような声音にリュリュは思わず笑ってしまった。

「ブリュノは、大きな声を出すからいやだ」

「ラウールさまのことを、お考えになってのことですよ」

いつものように、リュリュはそう言ってたしなめる。するとラウールは、薄赤い唇を尖らせた。

このバシュロ王国の、現在の支配層であるディオン族の者独特のやや浅黒い肌は、真昼の陽を浴びて艶やかだ。

リュリュは、ディオン族の一員ではない。エルミートという辺境の小さな村の出身で、しかしそこで生まれた記憶も、生みの親の顔すら覚えていないリュリュは、自分がどの民族の血を引いているのかなど知るよしはない。今の、ディオン族による支配下の王宮では少々居心地が悪いけれど、しかしリュリュにはほかに生きていく方法はなかった。

「さぁ、ラウールさま。まいりましょう」

「う、ん……」

ラウールの、煌《きら》めく金色の瞳の色合いが沈んでしまった。それは残念だけれど、しかし守役としては王子に厳しく当たらなければならない。リュリュが手を差し出すと、小さな手が渋々それを握ってきた。

「リュリュの手、あったかいな」

それでもラウールの、高めの体温を感じると、心がふわりと温かくなる。王族としての義務を果たすことは、この小さな王子には荷が重いだろう。それでも不平を引きずらないラウールの、からりとした性格。それはいつも、リュリュを救ってくれるのだ。

「あの……ブリュノのところまで、一緒に来てくれるか？」

「もちろんです、ラウールさま」

そう言って、リュリュはにっこりと微笑んだ。するとラウールも、もとどおりのかわいらしい笑顔を見せる。

「お勉強が終わりましたら、ご一緒に夕餉《ゆうげ》をいただきましょう。それから、湯浴《ゆあ》みのお手伝いをいたします。今宵《こよい》はお話を読んでさしあげますよ」

「本当!?」

リュリュの言葉に、ラウールは思いがけないほどに喜びの表情を見せた。生え替わりの前の、小さな白い歯がこぼれる。それはラウールが、いっぱしの口を利いてもまだまだ幼いことを示していて、リュリュもその笑顔につられてしまう。

「じゃあ、頑張る」

「期待しておりますよ」

小さな手を、ぎゅっと握った。するとラウールも力を込めてきて、痛いほどだ。ふたりは目を見合わせて、秘密をわけあう者たちのように、くすくすと笑った。

◆

幼い王子の学習係は、幾人もいる。今日の授業の担当は、黒々とした髭《ひげ》をたくわえた年配の男性だ。

ラウールが不平を述べる通り太くて低い彼の声は大きくて、リュリュも正直好きにはなれない。

怒っているわけではないのだろうけれど子供の耳には威圧的すぎる。

リュリュは、王子の学びの間に続く詰め所に座っている。薄い緞帳《どんちょう》の向こうからは、しきりに学習係の大きな声が聞こえてくる。発音も文法も正しい話しかただけれど、なにせ大きい。幼いラウールが怯えるのも無理はない、とリュリュはそっと頷《うなず》いた。

「……、……」

腰を下ろしている椅子は、リュリュの身長には少し高い。足をぶらぶらさせながら、大きく身を反らせて窓のほうを見あげた。

先ほどラウールを探していたときと変わらず、心地いい陽が射している。それを目に思わず大きく、息をついた。

「おや……」

すっかり寛いでいたそのとき、声が聞こえた。知っている声だ。リュリュは驚いて、反射的に椅子から降りた。

「そう畏《かしこ》まらずともよい。戯《たわむ》れに立ち寄っただけだ」

「フィリベールさま……」

先ほどまでの寛ぎの気分など、すっかり消し飛んでしまった。見あげるばかりの体躯《たいく》のフィリベールの前に、慌ててひざまずく。彼は小さく笑って、まるで子供が相手であるかのように大きな手でリュリュの頭を撫でた。

「ラウールは、息災《そくさい》か」

「つつが、なく」

思わず声が震えてしまうのを、抑えられない。それでもフィリベールの前、失態を見せないようにと気を張ってしまう。

「おまえも、元気なようでなによりだ」

「畏れ多くてございます……」

「まったく相変わらずだな、おまえは」

大きな声でそう言って、フィリベールは笑った。耳にするだけで反射的にひれ伏してしまうその声は、改めて確かめるまでもなく王者のものだ。バシュロ王国の現王であるフィリベールは、これこそが王位にある者だと誰もが想像するような、そのとおりの容姿をしている。黒々、艶々とした毛並みに、立派なたてがみ。ぎらぎらと光る金色の双眸《そうぼう》。何度見ても慣れない、圧倒的な支配者だけに許された迫力あるアルファの肢体を前に、リュリュは何度も身震いした。

「まったく、そなたは……私に仕《つか》えて何年になるのだ」

「畏れ多くてございます……」

大きな声に立派な体軀——息子であるラウールでさえ脅えるような威厳は、その前にあって、長く仕えているとはいえリュリュでさえも威圧されてしまうのだ。

「ラウールは、勉強中か」

「さようにございます。ブリュノさまがおいでていらっしゃいます」

「そうか、ブリュノか」

独り言のようにそう言って、フィリベールは学習室に目を向けた。そこからはやはり、老齢の男性の大きな声が聞こえる。しばらくそちらを見ていたフィリベールの後ろには、四人の近衛兵がついていた。揃いの白い鎧《よろい》をまとった兵士たちのひとりが、ちらりとリュリュを見やる。

後ろめたいことはなにもないけれど、フィリベール以上に彼らの視線にさらされることには緊張させられる。リュリュは体を固くして、近衛兵たちの視線に耐えた。

「今は……邪魔かもしれんな」

そう呟《つぶや》いたフィリベールは、学習室に向きかけていた足を止める。そして振り返るとリュリュを見やって、唇の端を持ちあげた。

「来い、リュリュ」

威圧的な声で、フィリベールが言った。その声を耳に、リュリュは大きく震えてしまう。

現在のバシュロ王国の王たる彼のことは、今の主人であるラウールほどの歳だったころから知っている。そのころから未来の王たる威厳を備え、間違いなく次代の王だと言われていたフィリベールは、予想を裏切らずにアルファであり、さらに上位種のドミナンスアルファであり、今はこのバシュロ王国を治める、絶対的な王である。

「久しぶりにかわいがってやろう」

「……は、い……」

か細い声で、どうにかリュリュは返事した。二の腕をフィリベールの大きな手で摑まれる。その力は痛いほどだ。

「ちょ……フィリベールさま、いた、い……」

微《かす》かな声で抵抗したけれど、彼にはそれが聞こえていないようだ。そのままリュリュを引き寄せ抱きあげて、力強い調子で詰所を出る。リュリュが逃げないようにとでもいうのか、後ろを囲むように兵たちがまわりを固める。フィリベールに抱きあげられているばかりではなく、そうやって逃げ道を塞がれて、リュリュは全身から血の気が引くのを感じた。

「フィリ、ベール……さま……」

思わず彼の腕に片手を添えて、食い込ませる指に力を込めた。しかしリュリュの力など、フィリベールにはなんでもないのだ。小さな虫に刺されたくらいにも感じないのだろう。それでもリュリュは、精いっぱいの抵抗をした。抱きあげる腕から逃れようと暴れたし、フィリベールの皮膚を引っかいて連れ去られたくないとの意思を示したつもりだった。

「おやめ、ください……私には、ラウールさまを、お待ちするという役目が……」

リュリュは懸命に自分の意思を通そうとしたけれど、その声は誰にも聞こえなかったはずだ。それなのに目の前で、学習室の扉が大きな音を立てて開いた。

「リュリュ！」

「ラ、ウール、さ……ま」

驚いて、思わず大きく目を見開く。扉の向こうから勢いよく現れたのは、机に向かっているはずのラウールだ。彼の大きな金色の目が、大きく見開かれている。そこに、幼いながらに燃えあがる怒りの炎を見て、リュリュは思わずたじろいだ。

「おお、ラウール」

突然の息子の登場に、フィリベールは眉ひとつ動かさずに声をあげた。久しぶりに息子に会って、喜ばしいという表情を見せているが、そのくせ鋭い光を放つ目を細めて息子を見ている。

「なかなか懸命に学んでいるようだな。いいことだ」

「父上、リュリュを連れて行かないでください」

自分にかけられた言葉には耳を貸さず、そのままリュリュを抱きあげる父の前に立って、ラウールは声をあげた。フィリベールは驚いた顔をして、しかしリュリュを下ろそうとはしない。

「なにを言っている」

微笑みながら呆《あき》れたような声をあげるフィリベールを、ラウールは逃がさないとでもいうように睨《にら》みつけている。

(ラウールさま……)

逞《たくま》しい腕に抱きしめられたまま、リュリュは助けを求めてラウールを見た。自由になるほうの手を伸ばすと、ラウールがそれを摑んだ。まだまだ幼いはずの彼の力は、痛いほどに強かった。

彼にはこれほどの力が備わっていたのだと、驚いてしまうほどだ。

「離してください。リュリュを、降ろして」

そう言いながらラウールはもう片方の手も伸ばし、無理やりリュリュを引き寄せようとする。安定を失って、リュリュはフィリベールの腕から落ちそうになった。王の腕からは逃れたいけれど、このまま固い床に落ちる勇気もない。

「リュリュ、こっちに来い」

「え、あ……っ、っ！」

ラウールの伸ばしてくる手を、リュリュは摑んだ。驚いた顔をしているフィリベールの腕から、リュリュはラウールに引っ張られるままにすべり落ちた。固い床に体を打ちつける覚悟をしたけれど、軽く尻をぶつけただけだった。ラウールは素早く手を差し出してきて、恐る恐るそれに触れたリュリュを、強く引っ張った。いつの間にかリュリュは、自分を挟む親子の間に立っていた。

「あ、の……ラウールさま……」

わななく声で、リュリュは彼を呼んだ。しかしラウールは、その大きな金色の目を輝かせたまま、フィリベールを睨んでいる。そんな息子を前に、王は驚いた顔をしていた。

「なにをする、ラウール」

その声からは、先ほどまでの威圧感が消えている。そしてラウールはその小さな体で、見あげるばかりの体軀の父を気強く睨みつけているのだ。

「リュリュは、俺の守役です」

「しかし、私の侍臣でもある」

五歳の子供相手にフィリベールは、容赦なくそう言った。ラウールは小さく唸《うな》って、言葉に詰まる。大人気ない物言いをしたフィリベールであるが、それはラウールを前にしたときのフィリベールの癖のようなものだ。ここでラウールは父親に負かされたと悔し涙を流すか、それとも――。

「……リュリュが、どちらの従者でありたいか。訊《き》いてください。絶対、俺だって言うから！」

「ラウールさま……！」

思わずリュリュは、声をあげた。そのようなラウールの反応に、フィリベールは濃い眉をゆるりと持ちあげる。

「そうだな、リュリュの気持ち次第だな」

「フィリベールさま！」

目の前の親子の会話に、リュリュは戸惑うばかりだ。それぞれふたりを交互に見て、しかし彼らはリュリュを見ていない。まるで敵同士が睨み合い、火花を散らすかのように、よく似た金色の目がかち合っている。

「どうだ、リュリュ。おまえは私と、ラウール……どちらに従う？」

「リュリュ、俺についてこい」

ふたりに迫られて、リユリユはたじろいだ。せめて、と視線を逸《そ》らせようとしても、ふたりはリユリユを逃そうとはしない。彼らは一歩も動いていないのに、追いつめられたような感覚に陥《おちい》った。

「あ、あの……」

リユリユはうろたえ、ふたりの顔を交互に見た。国王たるフィリベールは、獣頭だ。艶やかな黒い被毛が、吹き込む風にさらさらと揺れている。そんな彼も生まれたときは、傍《かたわ》らのラウールのような姿をしていたのだ。浅黒い肌に、そばかすが目立つ少年だった。彼はそのことを気にしていたけれど、成長するに従ってそばかすは消え、彼を見た者が洩れなく注視するのはその輝く金色の瞳だった。まるで大きな宝石のように輝くそれらは、間違いなく次期王はフィリベールであると示しているようであったし異を唱《とな》える者はなかった。

そして今、フィリベールはまさに立派な王として、このバシュロ王国の頂点に君臨《くんりん》している。

（ああ……）

四つの金色の目が、まるでこうやって見つめていればリユリユを自分のものにできるとでもいうように、じっと視線を注いでくる。どうしてもそれに耐えきれず、リユリユはいきなり床を蹴った。

「リユリユ！」

背を追いかけて来るのは、ふたりのうちのどちらだろうか。王は、幼い自分の息子を差し置いてまでリュリュを追いかける、大人の分別を持たないような人物ではない。とすればリュリュを追っているのはラウールにほかならなかった。

「は、っ……は、はっ……」

荒い息を吐きながら、リュリュは足を止めた。繰り返しの呼吸のせいで、うまく声を出すことができない。滲《にじ》んだ汗を拭いながら振り返ると、果たしてそこにはラウールがいた。彼もまた、繰り返し荒い息を吐きながら、膝に手を置いている。

彼は顔をあげて、リュリュと目が合うと白い歯を見せてにやりと笑った。

「父上に、勝ったな」

「そのようなことを言って……」

リュリュは呆れてそう言った。ラウールは腰を伸ばしながら体を起こしてリュリュの水色の瞳を覗《のぞ》き込んできた。

「じゃあリュリュは、父上のほうがよかったのか?」

「……そういうわけでは、ございませんけれど」

「リュリュはいっつも、それぱっかり」

不満そうにラウールは、唇を尖らせた。その表情がかわいくて、思わず手を差し出してラウールの頬をくすぐった。

「もうやめて!」

いつになくラウールは、はしゃいだ声でそう言った。この歳で、幼げな見かけとは裏腹に、リユリユをどきりとさせる表情。それでいてその大きな目やふくふくとした頬は彼がまだまだ子供であることを表していて、リュリュは思わず微笑んでしまう。

「どうしたんだ、リュリュ?」

「いいえ、なんでも」

今さらではあるが、できるだけ涼しい顔をしてリュリュはラウールを見、そして振り返って王宮のほうを見た。

「もうちょっと、ここにいよう?」

そう言って、ラウールの小さな手がきゅっと右手を摑んでくる。その柔らかくて温かいものに、リュリュはますます自分の心が癒されていくのを感じた。なにも言わずにつなぐ手に力を込めたのに、ラウールは気がついていないのだろうか。同時に気づかれていないといい、と願う心を持て余したリュリュは、それを誤魔化《ごまか》すために口を開いた。

「ですが……陛下がお怒りになられているかも知れませんよ」

「リュリュはやっぱり、心配性だなぁ」

そんなリュリュの心になどまるで気づかない調子で、ラウールは言った。

「あれやこれや、そんなに心配してたら、髪が抜けちゃうよ?」

「か、髪が!?　抜ける!?」

「……迷信だけど」

ラウールの言葉に思わず反応し、自分の髪に触れたリュリュは、こちらを見あげてにやにやと笑うラウールを、恥ずかしさ半分で睨みつけた。

「リュリュ、怖い」

そのようなことは思ってもいない表情で、ラウールは言った。怖いと言いながら、その顔はやはりにやにやと笑っている。まだ五歳のくせに、この姿のまま五十年以上を生きているリュリュをからかうなんて。

（育てかたを間違えたかな……？）

思わずリュリュは首を捻《ひね》り、そんな彼を元気づけようとでもいうように、ラウールはつないだ手をぶんぶん振りまわした。

「父上なんて、放っておけばいい」

「……え」

なんとも大胆なことを言う。それは少しでもリュリュを慰めようとしての言葉なのか、それとも歳相応のラウールの本心なのか。

「父上は、リュリュが好きなんだ」

少し頬を膨《ふく》らませてそう言ったラウールを見下ろすリュリュは、どきりとした。それはそうだろう、五歳児の言葉で言えば、フィリベールはリュリュが「好き」だ。もっともその言葉の示すところは、ラウールが考えているような範囲からは程遠いだろうけれど。

「父上は、もうお歳なのに」

「え？」

さらに思わぬことを言うラウールに、思わずリュリュは目をぱちくりとさせた。

「こんなきれいなリュリュには、父上みたいなおじいさんはふさわしくないんだ」

「ラウールさま……」

どこまでも真面目な顔でそう言うラウールに、リュリュは笑ってしまいそうになるのを懸命にこらえた。

「父上なんかじゃなくて、リュリュにはもっとふさわしい……」

「ラウールさまのような？」

からかうつもりで、リュリュは言った。ラウールは怒り出すと思ったのに。しかしリュリュの想像からは遠い表情で、こちらを見あげた。

「……俺は、まだアルファとして目覚めてないから」

どこか寂しげな、悲しげな表情でラウールはそう呟いた。彼はそのまま顔をあげて、彼の顔など見慣れているはずのリュリュをどきりとさせた。

「俺は、アルファなんだ」

子供、どころかリュリュにとっては赤児同然のラウールは、歳に似合わないほどに強気な表情で、そう言った。

「まだ、表には出てない……けど、わかってる。俺は、アルファだ」

ラウールはそもそも、子供らしからぬ強気でものを言う、少しばかり変わったところがある。生まれたばかりのときから世話をしているリュリュは、そんなラウールをよく知っているつもりだった。それでいて目の前の彼は、今までリュリュの見たことのない表情で、強気にそう言いつのるのだ。

そんなラウールを見ているリュリュは、自分こそどのような顔をしているのか——思わず自分の頬を撫でた。

さすがのラウールも、今は自分のことでいっぱいらしい。リュリュの手をぎゅっと握ったまま、彼はなおも言葉を続けた。

「でも、ドミナンスアルファじゃないと、父上には対抗できない……」

その言葉に、リュリュはどきりとした。思わず胸を押さえた。その中に押し込めている本当の心を、ラウールが知っているはずはないのだけれど。

「なぁ、リュリュ」

ラウールは、リュリュを見あげた。どこか頼りない、訴えかけるような儚《はかな》い声で、ラウールは呟く。

「俺は……ドミナンスアルファになりたい」

それがそのままリュリュへの告白になるのだと気づいてもいない幼さで、ラウールはじっと、こちらを見あげてくる。もちろん彼に、そのような意図はないだろう。リュリュも、ラウールの言葉を本気にするわけではない。それでもそのように言われて、不愉快なわけがなかった。

「俺はドミナンスアルファなんだ。父上みたいな……違う、父上以上の立派なアルファ……」

リュリュに話しかけるというよりも、自分自身に言い聞かせるようにラウールは低い声で、そう言った。そしてつないだ手に力を込めて、ちらりとリュリュを見あげる。

「……リュリュは、どう思う？」

「え？」

今までの強気な物言いはなんだったのか。まるで見かけ通りの幼い子供に戻ってしまったラウールの、金色の目には心配そうな色が浮かんでいる。それに気がついて、リュリュは思わず笑ってしまいそうになった。

「どうして笑うの」

「い、え……」

もちろん、ラウールを馬鹿にしているわけではない。しかし幼い子供が強気なことを言い、それでいて一転不安そうな顔を見せる。ラウールが今まで見てきた中でも特段に利発で聡《さと》い子供であることは確かだけれど、それでも子供であることには変わりがない。リュリュは手の甲を口に押しつけて笑いをこらえ、それでも目だけは叱るようにラウールを見やった。

「そもそも、お勉強の途中だったのではないのですか？　またお逃げになって」

ラウールは口をつぐんで、小さく肩を反らせた。その表情にはリュリュも見覚えがある。いつも通りのラウールだと安心する一方で、子供とはいえフィリベールに逆らったことが悪い結果にならなければいいと懸念した。

「……ブリュノのところに、連れて帰る？」

「そうですね……」

ラウールが苦手としているブリュノの話になると彼の表情は再び気落ちしたものになった。それこそ子供らしい、リュリュのかわいいラウールに戻って、思わずまた笑ってしまう。

「お勉強なさるのは、大事なことですよ？」

「わかってるけど……」

ますます拗《す》ねたラウールの手を、リュリュはぎゅっと握りしめた。そんな手の力に、ラウールはリュリュの気持ちを受け止めたのだろう。笑顔でリュリュを見あげると、自分からも力を込めてきた。

「リュリュも一緒に、いてくれ」

「いつもご一緒しているではありませんか」

「でもリュリュは、控えの間にいるじゃないか。俺の見えるところにいてほしいんだ」

「それは……」

確かにリュリュは、ラウールの守役である。しかし王の与えた特別な許可で、ここにいるのだ。王子の学びの間に同席するなど、越権行為ではないのか。

「いいんだ、あとから俺が父上にお願いする」

先ほどまで勢いのない表情をしていたラウールは、いいことを思いついたとでもいうように顔を輝かせた。

「リュリュも一緒に勉強したらいいじゃないか。一緒にいてくれたら、俺の勉強も捗《はかど》ると思うんだけど！」

自分の名案に勢いづいたラウールは、少しばかり声を張りあげてそう言うのだ。

「そうだ、リュリュも一緒に勉強しよう？　勉強して、悪いことなんかないんだろう？」

「それは……まぁ、そうですが」

口ごもりながらそう言うリュリュの手を握ったまま、ラウールはそれをぶんぶんと振りまわした。

「じゃあ、一緒に勉強する！　そうしたら俺も、逃げないぞ？」

「そうであってくだされば、いいのですが……」

やや及び腰のリュリュを励ますように、ラウールはつないだ手をぎゅっぎゅっと握ってくる。

「いいよな、リュリュも一緒に来るんだ！」

「ちょ、ちょっと……ラウールさまっ！」

我ながらいいアイデアだと、勢いづいたラウールは止まらない。五歳児ながらに力の強いラウールはリュリュを引っ張ったまま、どんどん王宮の方向に歩いて行く。

しかし目的地には、まだフィリベールがいるかもしれない。ラウールは学習室を避けて、その奥のまだ奥にある、大臣たちの詰め所に向かっている。どうやら幾人もいるラウールの教育係をまとめる長に直接談判するつもりらしい。

「ラ、ラウールさま！　ちょっと待って、待ってください！」

なおもラウールは、ぐいぐいとリュリュの手を引っ張った。ラウールがまだ子供で、リュリュが抵抗できることが幸いした。でなければリュリュは、引きずられて転んでしまっただろう。

「リュリュ、リュリュ！」

声を弾ませて、ラウールが呼んでいる。足が絡まないように気をつけながら、リュリュは懸命にラウールのあとを追った。

episode.2【異端の力】

バシュロ王国の王宮は、広大だ。

リュリュはここに住むようになって長いけれど、全容は計り知れない。リュリュの移動範囲は主に王子たちの生活の場所で、今は北東にある、第三王子の寝室に向かうところだ。もうすぐラウールの就寝時間。リュリュは眠りが深くなる香りを放つ花を手にしている。この花の芳香には習慣性はなく、ただ安らかな眠りを促すだけなので王宮の者は皆使っているのだ。

ラウールは今、入浴係によって洗い磨かれている最中だ。もうすぐ風呂の蒸気によってほかほかになったラウールが寝室にやってくる。そんな王子を寝床に入れて、この花の香りを吸わせて、望まれれば本を読んでやりながら寝かしつける。それが守役としての、大切な仕事だった。

ラウールのベッドに近づいて、花の香を振りまく。しかしいつもの習慣を始める前に、リュリュはかっと大きく目を見開いた。異変を感じ取った肌が、ぴりぴりと震えている。それを懸命に抑え込みながら、リュリュは勢いよく掛布を引き剝《は》がした。

「……浅ましい真似を」

思わず悪態が口から洩れた。ラウールの寝床の中には、一匹の蛇がいる。白と緑の鱗《うろこ》がぬめぬめと光っていた。むくりと体を起こして、赤い舌をちろちろと動かしながら、リュリュを見ている。

その丸い黒い目は、見ようによってはかわいいと言えなくもない。しかし大きく裂けた口から覗く牙からは、凄まじい効き目の毒が流れ出す。人間の三倍ほどある巨体の凶暴な熊でも、この蛇のひと噛みで昏倒《こんとう》する。

（このような……！）

王子の寝台に、毒蛇を仕込む——いったい誰が、なんの目的で。それをリュリュは知っている。そしてこのようなことは、珍しくはなかった。リュリュはこのようなことを何度も体験していた。ラウールの守役になる前も、なったあとでも。

「リュリュ、戻ったよ」

突然の声に、驚いた。蛇に手を伸ばしかけていたリュリュは、反射的に入室してきた者のほうに顔を向けた。

「どうしたんだ……？」

「ラウールさまは、おいでにならぬよう」

そう言うと、ラウールは少し肩をびくりとさせた。しかしその金色の目に力を込めてリュリュの手もとを睨みつけると、床を踏みしめて歩いてきた。

「ラウールさま！」

幼いとはいえ賢明な子供だ。毒蛇に触れることなどしないだろう。わかってはいたけれど、リュリュはラウールを押しのけて蛇を掴んだ。

蛇はその鋭い牙を剝《む》き出しにしたけれど、しかしリュリュの動きのほうが速かった。頭に親指を乗せて、力を込める。蛇の、なにも嚙まずに押し潰された牙から、たらたらと粘着質の薄黄色の液体が垂れた。

毒蛇の丸い黒い眼球は、加えられた圧力に飛び出ている。それを目にリュリュは頷き、そのまま窓際に足を向けた。硝子《ガラス》を押して窓を開け、そのまま蛇を放り出した。

「はぁ……」

たいした仕事ではないが、精神的に重圧を感じる一件だった。リュリュは大きく肩で息をする。

「ラウールさま！　いけません！」

ラウールが、蛇を潰したほうの手を取った。

「いいから」

いつの間にかラウールは、濡れた布を用意していた。それでリュリュの手を拭いてくれる。慌てるリュリュに構うことなくラウールの小さな手は器用に動き、丹念に手を拭き終えた。

「これで、いいな」

「……ありがとうございます」

恐縮して、リュリュは肩をすくめた。ラウールは得意げな顔をしながら、汚れた布を不用品を入れる箱に放り投げる。布はきちんと箱に入って、それを見届けたラウールは、自慢するような表情でリュリュを見た。

「……驚かないのですか？」

恐る恐るリュリュがそう尋《たず》ねると、ラウールはなおも自信ありげな顔つきでリュリュを見た。

「こういうことは、別に珍しくないだろう？」

したり顔でラウールは言う。リュリュは思わず、ラウールの顔をまじまじと見てしまった。

「ご存知だったのですか？」

リュリュの驚愕が、ラウールには楽しいらしい。彼は腰に手を添えて、自慢げに胸を反らせる。

「もちろんだ。リュリュはこうやって、俺のことを守ってくれてるんだもんな」

そう言ってラウールは子供らしくない微笑みとともに歩み寄ってくるとぐっと腕を伸ばして、リュリュの頰にそっと触れた。

「リュリュには、力があるもんな」

「え……」

ラウールの言葉に、どきりとした。思わず彼の、きらきら光る金色の瞳を見下ろした。

目が合って、するとラウールはにやりと笑う。いたずらを企んだ子供のような——それはラウールの、子供でありながらも頼もしい、将来の王たる迫力を感じさせる表情だ。

「リュリュにはここに、不思議な力がある」

そう言ってラウールは、リュリュの目尻にそっと触れた。再びリュリュは、自分の胸が大きく鳴ったことに気がついた。こうやって触れられると、リュリュはどこか、なぜか悪いことをした気分になる。思わずラウールから一歩遠のいて、しかしそのようなリュリュの反応にラウールは構おうとしない。

「なぁ、ここ……リュリュのここ、不思議な力があるんだろう？」

目尻に触れて顔を覗き込みながら、なおもにこにこしながら言葉を続ける。

「あの蛇だって、掛布の中にいたの……気づけたのは、リュリュだけだった」

「いえ、あの……」

たじろぐリュリュに、にこにこ、というよりは、わくわくといった表情でラウールは近づいてきた。

「父上が言ってたんだ。リュリュには天眼《てんがん》の力があるって」

「フィリベールさまが……」

意外だった。このようなリュリュの異端を、ラウールに話してしまうとは。

（いったい……フィリベールさまは、なにをお考えなのか）

「リュリュは、父上のお気に入りだから」

そんなラウールの言葉に、どきりとした。しかし自分の言ったことが、リュリュにとってどれほどの意味があるのかを知らないラウールは背伸びをして衣服を摑んでは、顔をあげてじっと見つめてくる。

「お気に入りなのは、なにか理由があるんだろうって……それはなんなのかなって、ずっと思ってたんだ」

「お聞きになったのですか……フィリベールさまに」

震える声を懸命に抑えながら、リュリュは尋ねる。そんなリュリュの心中には気づいてもいないようなラウールは、なおもリュリュの目もとに触れながら頷く。

「うん。そりゃリュリュは、こんなきれいな水色の目で、髪は銀色で肌も白くて……すっごく、きれいだけど」

言葉を飾らないラウールは、幼い言葉のままそう言った。子供の言うこととはいえ、褒められて嫌なわけがない。それでもこの異端の力のことは、おおっぴらに言ってまわることではないのだ。こんな奇妙な力のことをラウールには知られたくなかったのに。

「でも、それだけじゃないなって。父上がリュリュを大事にするの……リュリュが天眼を持ってるからだってこともあるんだな」

「……ラウールさま……」

ラウールは、リュリュが異能持ちであることを特別視しないようだ。それどころか、好奇心に駆られてうきうきしているように見える。

「私の、この力は……そのように買いかぶっていただくものではございません」

「どうして？」

リュリュが絞り出した言葉を、ラウールは不思議そうに一蹴する。

「素晴らしい力じゃないか。そのおかげで、俺も救われたんだし」

そう言いながらラウールは、乱れた寝台を指差した。猛毒を持つとはいえ、あの小さな蛇なら姿を隠して潜《ひそ》んでいることは可能だ。それを見抜いたのはリュリュの天眼の力にほかならず、それをラウールは尊重してくれているのだ。

「……もしかしてリュリュは、嫌がってる？」

「な、にをですか？」

ラウールに心配そうな顔を向けられて、リュリュは思わず声を震わせた。

「こういう力を持ってること。いいことだと思うのに、リュリュは嫌なんだ？」

子供なのに、ずいぶんと賢《さか》しい表情をする。そしてこまっしゃくれたことを言う。同時にこの力を持つことを肯定してくれた。

「嫌がること、ない。誰か、なにか言うやつがいるかもしれないけど……そういうやつは、俺が嫌というくらいに殴ってやる」

そう言って小さな拳《こぶし》をぎゅっと握るラウールは、子供ながらに頼もしく見える。リュリュは思わず笑ってしまい、するとラウールは、やはり小さな唇を尖らせた。

「俺を、信用してない？」

「そういう意味ではありません」

リュリュはくすくすと笑った。ラウールは頬を膨らませて、握り拳でリュリュの胸もとをぽかぽかと殴る。

「痛い、痛いですよ、ラウールさま」

「痛いって思ってないくせに！」

先ほどまでは、あんなに賢明なことを言っていたくせに。急に年相応の子供になってしまったようなラウールは、なおもリュリュにかわいらしい拳をぶつけてくる。

「リュリュは生意気を言うから、罰だ！」

「おや、どんな罰ですか？」

リュリュが首をかしげると、ラウールはむっとした顔で手を伸ばした。リュリュの袖を引っ張ると、乱れた寝台に向かって足音を立ててどこどこと歩いて行く。

「ラウールさま、お床《とこ》を直さなくては……！」

「そんなこと、どうでもいい」

勇敢なのか無頓着なのか、ラウールはさっさと乱れた寝台に潜《もぐ》り込んだ。もう始末したとはいえ、そしてリュリュの天眼ゆえにあれ以外に罠は仕掛けられていないとわかっていても、ここでまた、ラウールの身になにか起こっても不思議ではないのだ。

「リュリュ、ここに来て」

ばんばんと、枕を叩きながらラウールはねだる。足をばたばたさせて、すっかりリュリュに甘やかしてもらうつもりだ。

「本、読んで！　読んで！」

「ラウールさま……」

八歳は確かに子供だけれど、しかし先ほどのように妙に理知を感じさせるところもある。子育てには慣れているつもりのリュリュも、この子供——第三王子であるラウールの対応には、どうにも戸惑ってしまうところがある。

「どの本がよろしいですか？」

「あっ、そうだなぁ……あの、子守の木のお話かなぁ？」

「かしこまりました、取ってきますね」

ラウールの部屋の隅の本棚から、目的の絵本を取ってきた。リュリュは寝台によりかかって、もう何回も開いたせいでめくらなくても自然に開く絵本を、枕もとに置いた。ラウールはわくわくした顔で、絵本とリュリュを交互に見ている。

「早く、早く」

「急《せ》かさないでください、ラウールさま」

ふたりはくすくす笑い、やがて部屋は、ゆっくりと穏やかな口調で本を読むリュリュの声が広がるばかりになった。

優しい声で、優しいお話を読む。先ほどはあんなに勇敢で勇ましかったのに、静かになったラウールを見てみると、彼はもう眠っていた。

「まったく……」

リュリュは少し肩をすくめて、本を閉じる。うつ伏せて眠るラウールを仰向けにしてやって、改めて掛布を載せた。ラウールは少しだけ身震いしたけれど、また穏やかな寝顔を見せてくれる。しばらくリュリュは、ラウールの眠る姿を見つめていた。ラウールは本当に、かわいい子供だ。幼な子の愛らしさも、王族としてのしっかりした自覚も持っている。リュリュが今まで世話してきたどの子供より利発で、甘えたで、きらきら光る金色の瞳を持っていて、リュリュの心を奪う存在だ。こうやって眠っている中でも、無意識なのかどうなのか、リュリュの手を摑んでいる。摑んでいるといっても、五指をリュリュの手にかけているだけだけれども。それでも夢の中ですらリュリュと離れたくない、との彼の心を感じて嬉しくなる。

「リュリュ……」

「は、はいっ？」

寝ているはずのラウールに呼びかけられて、リュリュは思わずびくりと全身を震わせた。

「……リュ、リュ……」

「寝言ですか？」

「……、……」

その呼びかけには返事がない。ラウールはやはり、くぅくぅとかわいらしい寝息を立てている。

そんな彼の姿を見つめるリュリュの口には、薄く笑みが浮かんでいるに違いない。守係が、預かっている王子にこれほどの愛着を覚えるのは正しいことなのだろうか。ふとそんな疑問が湧いたけれど、目の前のラウールのあどけない寝顔を見ていると、そのようなことはどうでもよくなってくる。

リュリュは手を伸ばして、シーツに広がるラウールの黒い髪に触れる。その感覚は心地よくて、リュリュは小さく、くすりと笑った。

episode.3【いつもの夜伽】

はぁ、はぁ、と途切れ途切れの嬌声《きょうせい》が、寝室の中に広がっていく。

「や、あ……っ、あ……」

「ほら、リュリュ。こちらを見ろ」

「ん、あ、っ！」

大きくて力強い手で、がしっと顎《あご》を掴まれた。無理やりに口を開けさせられて、強くくちづけられる。厚い舌が入ってきて、中をぐるりとかきまわされた。

「ん……あ、あ……」

「私を見ろ、リュリュ。目を、開けろ」

なおも口腔《こうこう》をぐちゅぐちゅと乱されて、そのせいでうまく呼吸ができない。息苦しくて、同時に否応なくこの身を征服される圧迫感を感じさせられて、リュリュは何度も大きく肩を震わせた。

そんなリュリュの状態に構うことなく、この体を翻弄《ほんろう》することに慣れた彼は、顎を掴む手に力を込めた。ぎりっと微《かす》かに顎の骨が軋《きし》んで、そしてより深くリュリュを支配しようと舌で咽喉奥を探り始める。

「う、が……あ、あっ……」

呼吸を奪われ、強い力で顎骨を絞められ、なおも長くて厚い舌を捻《ね》じ込まれると、頭の芯がくらくらとしてくる。実際、この黒い被毛のドミナンスアルファ――バシュロ王国の支配者たるフィリベールとの閨《ねや》は、いつもこうだった。彼は乱暴に相手を組み敷き、息も絶え絶えになるまで追い詰めて、実際今にも死にそうだと怯える感覚を味わわせる。そうやって閨に引き込んだ者を恐怖に引き込んで、その表情こそがフィリベールの好物なのだ。それをリュリュはよく知っていたし、ほかのどのアルファよりも捕食本能が激しいその性格こそが、彼を今の座に座らせたのだ。

「……ぐ、う……っ、あ……」

「ふふ……いいな、リュリュ。おまえの美しい顔が……そうやって、歪むところ」

「ん、あああっ！」

未だに、フィリベールとの閨には慣れない――そのはずだったリュリュだけれど、彼との床に馴染《なじ》んでしまったのか、それともリュリュの中に眠っていた、被虐的な本能が徐々に目覚めたとでもいうのか。顎を摑まれ舌を捻じ込まれ、本能的に死を感じさせられる瞬間を繰り返し経験させられることで、それがリュリュにとっての快楽になってしまったのかもしれない。

「ふふ……死の淵《ふち》に立ったような、その顔……それこそが、おまえのもっとも美しい姿だ……」

「は、っ……あ、ああっ……」

フィリベールのささやきを遮って喘ぎ声をあげたリュリュは、腰の奥からぞくりと走り抜ける感覚にまた声を立てる。ひくん、と微かに震えたのは、今夜は未だに犯されない後孔だ。まだそこに触れてはいないのに、まるでリュリュの体の反応をすべて知り尽くしているとでもいうように、フィリベールは低く笑った。

「今宵は、どちらに挿《い》れてほしい？」

「……っ、う……ん、んっ」

楽しそうに問われても、リュリュには答えようがない。なにしろ口は、フィリベールの大きな口に塞がれているし、口腔には舌が捻じ込まれている。同時に舌の自由はないはずなのに、彼がなぜ流暢《りゅうちょう》に発声できるのか不思議だけれど、そう思うときのリュリュが、まともにものを考えることができたためしはなかった。いつもフィリベールの望むとおりに、言葉にもならない言葉を吐いて、身も世もなく乱れることしかできない。

「こちらか？　それとも……」

「あ、ん……ん、んっ！」

フィリベールの指が、リュリュの下肢に触れる。彼の性質にも似ない優しい動きで、みぞおちから臍《へそ》へと線を描く。それだけでもどかしく腰を捩《よじ》り、あえかな声をあげてしまう自分を厭っていたけれど、しかしバシュロ王国の君主に求められて、否と言う力がリュリュにあるはずがなかった。できるのは、王の求めるがままに乱れ喘ぐことだけだ。

「ふふ……ここは、変わらず心地いい……」

「ん、んっ！」

フィリベールの指が触れたのは、リュリュの下腹部、そして鼠蹊部《そけいぶ》だ。リュリュが感じると知っていて、指先で何度もくすぐるようになぞり、爪を立てて軽く引っかく動きは、なんとも意地が悪い。リュリュの唇を覆い口には厚い舌を詰め込んで、死を感じるほどに恐怖させるような乱暴な行為を愉《たの》しみながら、同時にこのような優しい手つきで追い詰めもする。もちろんどのような手管《てくだ》を使おうと、根本にあるのはフィリベールの支配的で暴力的な性質に違いないのだけれど。

フィリベールの手と舌が動くたびに、リュリュはこらえきれない声を洩らす。このように、まるで初ものがごとくにあえかな声を聞かせてしまうから、フィリベールは未だにリュリュに固執するのだ。かつてフィリベールの守係だったリュリュ——亡き先王の王子であるフィリベールの、初床係でもあった。

そうでなければ彼は、初めて閨をともにしたリュリュに、奇妙な執着を抱いているだけだ。すでにたくさんのオメガを侍《はべ》らせ、未だ幼くはあるがアルファも、いずれドミナンスアルファとなるであろう子女にも恵まれているフィリベールが、今になってもリュリュを頻繁に閨に呼ぶ理由にはならないだろう。

「ん、く……っ、あ……フィリベール、さま……っ」

「ここに触れるが心地いいとは、いかなることやら」

いかにも満足そうに、フィリベールはささやく。

「日ごろからどのように、私を悦《よろこ》ばせる手入れをしているのか……教えては、くれぬか？」

「そ、のような……こと、は……」

「私が、訊きたいと言っているのだが？」

くつくつと笑いながら、フィリベールは低い声でそう言った。その声音に、リュリュは思わず身を震わせる。王がそのような声を出すときは、彼が苛立《いらだ》っている証《あかし》——閨ごとでもってこの憎らしい者に報復しようと、心の中で舌舐めずりしているときだ。これ以上なにをされるのか、わかっているけれど。それでもリュリュは、恐れに大きく身を震わせてしまう。それを見てフィリベールがさらに興奮を煽《あお》られるのだということはわかっているけれど。

「今宵、私がおまえを閨へ召すことを……予見していたと見うる」

「それは……あ、ああ！」

フィリベールの指は、つるりとしたリュリュの陰部をくすぐった。本来なら成人の証として、茂みが覆っているはずの部分だ。しかしリュリュがオメガであるからか、それとも単にそういう体質なのか、男の指が触れるそこには子供のように、なにもない。普段は人目に晒《さら》すところでもなく、日常生活に支障はない。だから己の体でありながら、リュリュが自分の異端を意識することはあまりなかった。しかしこうやって、誰かと閨をともにするときは別だ。

フィリベールは、まるで子供のようなリュリュの体を愛《め》でた。この体は、彼の嗜虐心を煽るのだろう。だからこそリュリュは、この『役立たず』の身ながらに、未だに王の褥《しとね》に呼ばれるのだ。奇妙な執着と、珍しいものをもてあそぶ嗜虐心——そんなフィリベールに翻弄されるがままに身を差し出すのが、ほかに生きる術を持たないリュリュの処世術だった。

「ひ、あ……そ、こは……陛下、そこ、は……！」

「ふふ」

それでも、受け入れられることとそうでないことがある——懸命にリュリュが訴えても、フィリベールは愉しそうな声で笑うばかりだ。リュリュの嬌声に、嫌悪の色があるのを感じ取っているのか——むしろ読み取っているがゆえだろう、なおも無骨な指で、リュリュの子供のままのそこを愛撫し続ける。

いくら子供のような見目と言えど、リュリュ自身はこの世に生まれて数十年——年齢だけなら、フィリベールよりも年上だ。ゆえに体そのものは成熟している。そうでなければ、さすがのフィリベールも大っぴらに褥に呼ぶことはないだろう。もっとも彼が人目のないところでなにをやっているかなど、リュリュの知るところではないけれど。

「生意気に、これほどにいきり勃たせて」

「い、あ……あ、あっ！」

遠慮など考えることもない大きな手で、陰茎を握り込まれた。ひっ、とまるで断末魔《だんまつま》のような声がこぼれ出る。そんなリュリュの反応を悦ぶ低い声をあげながら、フィリベールは逞しい手で透明なしずくをこぼすリュリュ自身を何度も扱《しご》いた。リュリュの快楽を慮《おもんぱか》るのではない、己の手技に溺《おぼ》れる獲物の姿を悦ぶ支配者の手は残酷なまでに執拗に、リュリュを責め苛《さいな》んだ。

「達《い》ってみろ……ここから、精液を出して……私に見られながら達くのが、好きなのだろうに」

「んあ、あ……や、っ……や、め……」

違う、リュリュはそのような行為を好んでなどいない。しかしリュリュが嫌悪すればするほど、フィリベールは悦ぶようだ。同時にリュリュに、彼に抗《あらが》う力はなかった。擦られて追い立てられて、ひくひくとわななく陰茎が男の強い手で扱かれる。

「私を、悦ばせろ」

「やぁ……あ、ああっ……！」

何度も下肢を震わせて、リュリュは掠《かす》れた声をあげた。やはりオメガであるがゆえなのだろう、呪わしきこの身の反応——心は悦んでいないのに、なにもまとわない体にされて露《あらわ》な肌をなぞられて、舐められ吸われ甘嚙みされて、滲み出す汗を啜《すす》られる——交合に至る手順はいつも、リュリュの心を置いてけぼりにした。

それでもリュリュが、この体を悦ばせる手管に抗えたことはない。リュリュはいつも乱れ、嬌声をあげ、身を跳ねさせて反応する。

「あ……あ、ああっ……！」

脳裏の困惑とは裏腹に、リュリュの体は与えられた刺激を素直に受け止めた。大きな手が及ぼす大きな波は、否が応でも全身を貫いた。リュリュのつま先は、きゅうと痛いほどにしなる。同時に節くれだったフィリベールの指は本来の意味で使われたことのない淡い色の性器を強く扱いて、それにリュリュはまるで初めてのように反応した。

「ひ、ぃ……！」

「……ふふ」

ぴゅ、ぴゅく、と先端から白濁が跳ねる。それはリュリュが腰を震わせるたびに飛び出して、つるりとした下腹部に点々とたまりを作った。

「は、あ……っ……」

体中を走った衝撃は、リュリュの意識を奪ってしまう。目の前が真っ白になって、なにも見えずなにも考えられず、はくはくと何度も口を開閉して、そんな中ゆっくりと感覚が戻ってくる。

ややあって目を開けると、フィリベールが顔を覗き込んできていた。まるで炎のように燃え、煌めく金色の目に見つめられ、性欲に炙《あぶ》られたリュリュの体には新たな欲望が広がっていく。彼の瞳の色を意識することで際限なく淫欲を煽られるのは、今に始まったことではなかった。もう何度交わしたかわからないフィリベールとの枕にあって、リュリュは諦念とともにそれを受け止める。

「は、あ……あ、っ……う、っ」

「相変わらず、感じやすい体だ」

楽しそうに、フィリベールはささやく。その声も体の芯に響いて、リュリュは何度も小刻みに震えた。

「今宵は、特にそう感じられるが。なにかあったか？　なにか……おまえを興奮させる、ようなこと……」

「……ござい、ません」

ようやく戻ってきた呼吸に咽喉を震わせ、ゆっくりと息を吐きながらリュリュは答えた。

「そうか、それはそれで、興味深かったのだが」

唇の端を淫らに歪ませながら、なおも低い声でフィリベールはそう呟く。そしてひくひくと、まだ満足な呼吸ができないリュリュの顎をがしりと摑んだ。震えている唇に、また食いつくようなくちづけを押しつけてくる。

「あ、ふ……っ……」

ただでさえ、まともに息ができないのに。リュリュが抵抗する余裕もなく、フィリベールの手はリュリュの銀色の髪を摑む。頭皮が剝がれそうなほどに乱暴に引っ張って、そのまま彼は自分の夜着の前をかきわける。そこに、リュリュの顔を押しつけた。

「や、あ……ん、っ、く……っ！」

「私を悦《よ》くしろ。おまえなら、私の悦ぶやりかたを心得ているだろう？」

「ん、ぐ……ん、ん……」

リュリュの口にはいきなり、太くて熱いものが突き込まれる。それはリュリュを労《いたわ》るつもりなど微塵《みじん》もなく、ただ己の快楽だけを求めて口腔を深く突いた。そうされるのは初めてではない——どころかリュリュは、すでにすっかり慣らされているのだ。

「ぐ、っ……ん、んっ」

熱塊《ねっかい》はリュリュの口腔を埋めて、さらに奥を、ぐりりと抉《えぐ》る。また呼吸ができなくなり、そのうえ髪を摑まれ無理やり咽喉奥に押しつけられて、その辛さに意図しない涙が滲む。

「おまえが、どうやって男に愛されたいか……」

「……っ、ん……ぐ、っ」

「私ほどわかっている者はいないだろうな。おまえはこうやって、なにもかもを相手に支配されて……」

フィリベールは愉しげに、ゆっくりと呟きながらリュリュの口腔を使う。口調とは裏腹に、男の逸物《いちぶつ》は激しくリュリュの咽喉を突く。じゅく、じゅくと濡れた音が部屋に響いた。それはリュリュにとって、生まれてきた意味を知らしめる懲罰の音だ。物心ついてからずっと、リュリュは常にこういう目に遭わされてきた。彼にとっての人生は、この身を翻弄するアルファたちにすべてを捧げること——奴隷となって傅《かしず》き、言うがままに持てるものを委《ゆだ》ねることでしかない。オメガであるリュリュにとっては、それだけが生きる術だった。特に——異端のオメガであるリュリュには。

「あ、あ……ぐ、っ……う、う!」

「ふふ、もっと深くまで……呑み込めるだろう? もっと、頭を動かせ」

容赦ない生々しい音とともに、リュリュはますます苦悶の只中に突き落とされる。悲鳴も涙も涎《よだれ》も、見苦しいなにもかもを垂れ流してなお、リュリュに救いの時間は来ない。

「ぐ、あ……うう、っ、っ！」

何度も抜き差しを繰り返されて、このような扱いに慣れているリュリュでさえも、目の前に渦巻く螺旋《らせん》の中に意識が取り込まれてしまいそうな、自分の命の終わりを実感させられるような際において、フィリベールがぶるりと大きく腰を震わせた。

「おまえに、褒美をやろう」

「……ん、んっ……！」

どこか甘い声で、フィリベールが呻《うめ》く。確かにこれはオメガたるリュリュへの褒美なのだろう。しかしそれをありがたいと思ったことはない――だからこそリュリュは異端のオメガで、出来損ないと罵《ののし》られ、それでいて自死を選ぶこともできない境遇に置かれているのかもしれない。

「く、は……っ……！」

咽喉の奥で、熱杭がわななく。どくり、どくりと生ぬるい液体が食道を流れ落ちていく――しかし量が多いうえに粘ついた淫液だ。うまく飲み下すことができず、リュリュは激しく咳き込んだ。

「まったく……初めてでもなかろうに、いつまでも慣れぬな」

呆れたようにフィリベールは呟いた。その声音には同時にリュリュを愛おしむ色も含まれている。もっとも、彼なりの愛、というべきところだけれど。

そのようなことを頭のどこかで考えながら、リュリュはベッドに突っ伏して繰り返し咳き込んだ。しかしすっかり楽になる前に、再び髪を摑まれる。

「うぐ……」

「いつまで味わっている。顔をあげろ」

乱暴な声に、リュリュはびくりと大きく震えた。咽喉はまだいがらっぽいけれど、フィリベールの命令とあればそちらを優先するのは本能的な反射だと言ってもいい。

「いい顔だ。よほどに堪能したようだな」

「ありがとう……ござい、ます」

そう言うようにリュリュを躾《しつ》けたのは、フィリベールだ。言葉の実感もないまままそう言うリュリュに、彼は満足そうに笑った。

「いい子だ。こちらはどうだ？」

にやりと唇の端を持ちあげたフィリベールの手は、リュリュの脚に触れた。あ、と声をあげる間もなく両脚を開かされる。フィリベールが目を細めたのは、力なく垂れるリュリュの雄ではない。彼は双丘に手をすべらせて、ぐいと押し開いた。

「ひ、っ」

思わず声をあげたけれど、それを聞く者はここにはいない。リュリュの奥の蕾《つぼみ》は、とろりとした粘液に濡れている。アルファやベータの体には起こらない、オメガだけが持つ特殊な生体反応だ。その目的はもちろん、オメガがオメガたるゆえん——そんな自分の体を思うと、ぞっとする。

「欲しいのは、こちらと見ゆるな」

「う……、っ」

しかしフィリベールには、この体が愛おしく感じられるらしい。もっとも彼の感覚とリュリュのそれが合致したことはなく、フィリベールがふたりのすれ違いを気にしたことはないのだけれど。

「ん、く……ん、っ！」

「相変わらず、いい声だ」

いかにも楽しそうに、くつくつと笑いながらフィリベールはリュリュの脚を大きく拡げてしまう。反射的に、骨が軋む痛みに悲鳴があがる。リュリュの叫びに、フィリベールはますます愉しげな笑みを浮かべるばかりだ。いくらリュリュが躾けられているとはいえ、痛みに耐えることはできない。だからこそ愉しいのだろう——しかし老いることはなくとも、フィリベールにとっては数えきれないほど抱いた体だ。とうに飽きたに違いないのに、なぜ今になってもこうやって固執するのかリュリュにはわからない。

「い、っ……っ、あぁっ！」

すでに体の作用で濡れているとはいえ、いきなり怒張を突き込まれて辛くないわけがない。小さな入口をなんの気遣いもなく押し拡げる。狭い器官を突き破り、ずくずくと奥へと進んでいく。

ふっ、とフィリベールの熱い吐息が聞こえ、彼が満足しているということにリュリュは少しだけ安堵《あんど》する。

「あ、ああ……っ、ふ……っ」

「やはり、おまえの体はいい、な」

うわずった声で、フィリベールはささやいた。

「こんなにも濡れて。おまえも、心地いいのだろう？」

太い熱杭を呑み込むそこは、ぎちぎちと悲鳴をあげている。同時にそこは攻められるがままに淫液を洩らし、熱く濡れ続けた。

「ほら……中もうねっているな。ぐちゃぐちゃと、淫らな音を立てて……ほら。いい、と言ってみろ」

「ふあ……あ、ああっ……」

オメガなればアルファの性器を受け入れるため、秘蕾はゆっくりとほどけていく。その奥を目指す陰茎に、内側から生まれる粘ついた液体が絡みついた。フィリベールにとってはそれが心地いいらしい。炎のように燃えあがる彼の瞳の奥はいつもながらに激しい性欲を示していて、それから逃れようとする気持ちなど簡単に踏み潰してしまう。もちろん今のリュリュにはそのような意気などない。かつてはあったかもしれないけれど、そのような記憶はとうの昔にどこかへ消えてしまった。

「……ん、んっ……う、う……」

「また、あふれたではないか。ここが……感じるのだな」

フィリベールは嬉しそうにそう言いながら、侵入の力を少し緩める。そうされると無理やり拡げられて軋む肉が、少し柔らかくなった。するとまた淫液があふれ、それに気づかないわけのないフィリベールはますます唇を歪め、リュリュの細い腰に手をすべらせてくる。痛いほどの力で掴まれて、思わず悲鳴をあげてしまう。しかしフィリベールにとっては、そんな声さえもが性感を煽るものでしかないのだ。

「うぐ、っ……っ、う……！」

「今日は、どこまで欲しがりなのだ。ここ……ほら、もっとと求めている」

秘所はますます深く、男を呑み込む。腹が膨らんでしまうような大きさと太さにぞっとする。そのようなときのリュリュの表情は、フィリベールのお気に入りだ。もっと見せろと迫られて、まだ満足しないとさらに奥を何度も突かれる。

「ひ、う……！」

「ずいぶん感じているな……ほら、また」

ふたりがつながった部分から、つうっと透明な液がしたたる。

「まだまだ、私の情けがほしいとな？」

「そ、んな……あ、あ……っ」

淫液はひっきりなしにしたたるけれど、これはリュリュが感じているがゆえではない、苦痛を和《やわ》らげようとする体の反応だ。この身を抱いた男たちは皆、そんなオメガの体質を勘違いしていたけれど、そうやってアルファを悦ばせるのもオメガの務めなのだろう——すでにリュリュは、諦めることを自分に許している。

「ん、く……う、ううっ！」

「ほら……達くぞ。奥まで、呑み込め！」

「ふあ、あ、あ……あ、んんっ！」

腰を引き寄せられて、ぐいと突き込まれるともうなにもわからなくなる。どく、どく、と熱い液体が奥の奥に注がれた。それはリュリュの内臓に染み込んでいって、指の先まで焼けてしまったかのような感覚が全身を塗り潰していった。

「……は、あ……あ、ああっ……」

「それほどによさそうな顔を、して」

何度も小刻みに腰を振ったあと、中に大量に放った精液とともに、ずるずると太い陰茎が抜けていく。圧迫感から解放されて、リュリュは大きく息をついた。

「まだ、足りないようだな……。安心しろ、もっともっと、おまえをかわいがってやる」

「ひ、い……っ」

思わず洩れたのは、この先を恐れる悲鳴だった。リュリュはどのような表情をしていたのか、こちらを見たフィリベールは目を細めて唇を歪め、今まで見た中でもっとも恐ろしい飢えた肉食獣の顔をしていると思った。

「私のかわいい、異端のオメガ」

リュリュを愛でているのか冷やかしているのか。フィリベールは甘い声でそうささやいた。めったに聞くことのないその声に、彼の本質をよく知っているはずのリュリュですらも反射的に心を動かされた。

「私なら、おまえを孕《はら》ませることができるはずだ」

「……っ、あ……」

「今からでも遅くはない。私の子を孕め、リュリュ」

フィリベールは大きな手で、リュリュの髪を何度もかきまわした。その動きは少しばかり乱暴だけれども、傍目には閨の相手を愛おしむ男の愛撫と見えるだろう。しかしそれは今現在のフィリベールの機嫌によるもので、先ほどまでの行為は彼を満足させられたらしい。リュリュは、ほっとするばかりだ。

「また、抱いてやろう。今宵は、何度でもな……おまえが私の子を孕むまで」

「う、あ……」

舌なめずりをしながらそう言うフィリベールは、リュリュにとって恐怖でしかない。そうやって怯えるリュリュを、フィリベールは楽しんでいるのだ。オメガの体以上にこうやって楽しめる玩具、それがフィリベールにとってのリュリュなのだろう。それを実感するのは今さらのことだけれど、それでも背筋をせりあがる恐怖を抑えることはできない。今までリュリュはずっと、こうやって生きてきたのだ。

「来い、リュリュ」

「……あ、あ……」

震えるリュリュの手首を、フィリベールの大きな手が掴む。力ずくで引き起こされて本能的に逃げようとするリュリュを楽しむように、フィリベールはぎゅっと力を込めて掴んでくる。その痛みに、リュリュは呻いた。

「っ、う……あ！」

その大きな手はリュリュの体を翻弄し、気づけばリュリュは寝台の上にうつ伏せになっていた。後ろに突き出した下肢からは、たらたらと生ぬるい液体が腿を伝い落ちていく。受け止めたフィリベールの白濁と、新たに湧き出すリュリュの淫液だ。心はいやがっているのに、このように反応する自分の体が穢《けが》らわしくてたまらない。そんなつもりはないのに、ぽろぽろと涙があふれて頬を濡らした。

しかしフィリベールは、そんなリュリュの表情など見ていない。彼の手は大きく反ったリュリュの背中をざらりと撫でて、そのまま指が臀の間にちゅくりと入り込んできた。

「い、っ……！」

思わず声があがってしまう。このような行為には慣れているはずなのに、なぜこのように反応するのだろう。戸惑うリュリュの耳に、くすくすと笑うフィリベールの声がすべり込んでくる。

「今日のおまえは、ますます感じやすいな……なにか、あったか？」

「そ、んな……こ、と……」

震える声で、リュリュはささやいた。同時に後孔を拡げられて、悲鳴が咽喉を貫く。

「ふふ……中も、いつもより強く絡みついてくるな……」

「んあ、あ……あ、ああっ！」

複数の指が、ずくずくと中に入ってくる。リュリュのそこは濡れてほぐれて、自分の意思とは裏腹にフィリベールの太い指を、美味そうに呑み込んでいく。

「ほら、ここも……柔らかいな。すっかり蕩《とろ》けて、ますます中が吸いついてくる……」

「や、あ……あ、あっ！」

立て続けにあがる自分の声が、先ほど抱かれたときより甲高《かんだか》く、まるでこの行為を悦んでいるかのようだ。

「おまえは、体の奥になにを飼っているのだ……？」

「ひ、あ……あ、あ！」

フィリベールの指は、ずくずくと深くリュリュの奥を探っていく。執拗に何度も内壁を擦られて、伝わるあまりの快感に、リュリュはひっきりなしに声をあげてしまう。

「しっかりしろ」

「きゃううっ！」

いきなり大きな手が、リュリュの臀を勢いよく叩いた。薄い皮膚を力任せに刺激されて、目を大きく見開いた。反射的にあふれた嬌声は、途切れてそれ以上出すことができない。リュリュの唇も全身もわなわなと、四つん這いのまま全身も震えていた。

「体のほうは、忘れていないようだな」

「あ、ふ……っ……」

そのまま何度も叩かれた。こうやってフィリベールの力と大きな手で打擲《ちょうちゃく》を繰り返されて、リュリュの臀は赤く腫《は》れあがっていることだろう。

「ここしばらく、抱いてやれなかったからな……おまえは、こういうのが好きなのに」

「ち、が……好き、じゃ……な……」

そう声をあげても、フィリベールの手は止まらない。彼は目を輝かせてリュリュを攻め続け、そのあげる声こそ愉しいとでもいうように、しきりに舌舐めずりをする。

「ふあ、あ……あ、ああっ！」

繰り返し叩き続け、フィリベールは手を止めた。いつの間にかあふれていた涙が頬を流れ落ちる。同時にやはりたらたらと生ぬるい淫液の垂れる後孔に、ずくりと突き込まれたのはフィリベールの剛直だ。受け入れるのに慣れたはずのそれは熱く激しく感じやすい内壁を擦って、臀を叩かれる以上に直接的な刺激となってリュリュを激発した。

「ふっ……先ほどより、締まるな」

満足そうな呻きとともに、フィリベールは何度も腰を打ちつけてくる。汗に濡れた皮膚がぶつかる音、接合部がぐちゃぐちゃと絡み合う音、リュリュの苦悶《くもん》の声、そして寝台がきしきしと軋む音。

「う、あ……あ、ああっ……」

「もっと、腰をあげろ……もっと、呑み込め」

「っあ、ああっ！」

さらに深く、奥をしつこく穿《うが》たれた。そしてフィリベールの大きな雄でしか届かない、奥。そこを勢いよく突かれて、リュリュは嬌声をあげた。

「い、や……あ、ああっ……そ、こは」

「ここを、暴かれるのが好きだろう」

フィリベールの声も、微かに掠れている。彼がここまで興奮しているなど、今までにあっただろうか――あったかもしれないけれど、今のリュリュには思い出せない。記憶どころか意識さえも朦朧《もうろう》と、フィリベールの攻めるがままに揺り動かされる傀儡《くぐつ》のようだ。

「ほら、この奥……口を開けるな。もう少し、突いてやろう」

「っ……ん、んっ！」

目の前が、真っ白に塗り潰された。突きあげられるたびに、その白の中にちかちかと星が飛ぶ。背の奥から迫りあがってくる強烈な痺れが不快で、ぞっとするほど心地よくて、リュリュは声をあげた。同時に腹の奥に、ずくりと熱いものを突き込まれた感覚がある。まるではらわたを直接抉られたかのような不愉快な心地は、何度味わっても慣れるものではない。

「か、は……っ」

咽喉の奥に巣食う、疎《うと》ましいものをしきりに吐き出そうとした。しかしリュリュの体の奥にはそれ以上の穢らわしいものが流れ込んでくる。身の奥の奥、刃物で切り開きでもしなければ触れることはできないであろう場所に、熱く粘ついた液体が流れ込んでくる。それはいつにも増しておぞましく、虫酸の走る感覚だった。リュリュは何度も身震いをしたけれど、それを快楽ゆえのわななきと取ったのだろうか。満ち足りた息を吐きながら、フィリベールが顔を寄せてきた。

「おまえの体の……ここが、心地いいな」

「は、あ……っ……」

なおも萎《な》えない自身を、何度も緩く出し入れしながらフィリベールがささやく。耳もとに注がれる掠れ声は、またリュリュに怖気を感じさせた。

「もう、満ちたか？　それともまだ、足りないか？」

「……ん、な……っ」

答えようとしても、まともな声にならない。ぱくぱくと無音のまま動くリュリュの唇を貪欲なまなざしで見やって、そしてフィリベールは猛獣のように噛みついてきた。

「い、あっ！」

「痛いのか？　しかしおまえは、痛いのも好きだろう？　もっと私に、傷つけられたいのだろう？」

「う……あ、っ……」

いつものフィリベールの睦言《むつごと》だ。リュリュがそれを悦んでいるというのは彼の曲解であれ、この時間を重ねるうちにリュリュも自分が彼の言葉を悦んでいるように感じ始めていた。好き勝手にもてあそばれた体は痛んで、しかし初めてアルファの男に抱かれたときほどではない。今まで何人のアルファに抱かれてきたのかは覚えておらずとも、いずれも同じような事後を過ごしてきたはずだ。フィリベールほど長く閨にリュリュを呼び続けた者はいなかったけれど。

「リュリュ」

うつ伏せになったまま身動きできないリュリュの名をささやき、フィリベールの大きな手が髪を撫でてくる。先ほどは力任せに引っ張られたけれど、こうやって撫でてくれる時間にリュリュは先ほどまでの蛮行を忘れてしまう。痛みは残っていても耐えられないほどではない。そして最大の保護者であるフィリベールがこうやって甘やかすのなら、リュリュにはここにいていい理由があるのだろう。

「はい……フィリベール、さま」

何度か繰り返し名を呼ばれて、リュリュはそっと頷いた。すると髪を撫でるフィリベールの大きな手に少しだけ力が入って、しかしそれはよりリュリュをかわいがろうという、愛撫の手にしか思えなかった。体の奥が痛むのは変わっていなくても、命じられればリュリュはまたここに来るのだろう。

「……ん？」

訝《いぶか》しげな声をあげたのはフィリベールだった。なおも寝台の上にうつ伏せのままのリュリュは、ゆっくりと体を動かした。しかしリュリュが起きあがる前に、そしてフィリベールが側仕えの名を呼ぶ前に、寝室の扉が勢いよく開いた。

「リュリュ！」

自分の名を呼ぶ声が響いて、驚きに瞠目《どうもく》した。聞き慣れた声を間違えるはずはない。しかしここで彼の声を聞くとは、思いもしないことだった。

「どうした、ラウール」

「……父上！」

淫靡《いんび》な空気に満ちている部屋に響いたのは、子供の声だ。明るくてよく通る声は、一瞬にしてリュリュに羞恥を感じさせた。フィリベールの手を振り払い、勢いよく声のしたほうを向く。そこには見間違いようもなくラウールがいて、まるで昼間のように元気いっぱいだ。いつもなら今はすっかり夢の中、揺すっても起きないくらいに深く眠っている時間なのだから。

「リユリユは、俺のだ！」

「ほぅ」

いきなりのラウールの言葉に、フィリベールは面白いものを見たという顔をする。にやりと唇を歪めて、両目をつりあげている息子を見やった。

「おまえのもの、だと？」

「そうだ！」

ラウールは強気な表情のまま、寝台に歩み寄る。幼いながらにきりりと目をつりあげて、その金色の瞳は見る者を射貫《いぬ》いてしまいそうなほどに鋭かった。

「ラウールさま……」

震える声で、リユリユは思わずそう呟いた。すると彼は少しだけ視線をこちらに向ける。そのまなざしにどきりとした。幼いラウールが発した所有の言葉が、まるで実際にリユリユを拘束するかのように体に絡みついたように感じられた。

「父上のものじゃないんだ……リユリユ、こっちに来い！」

その言うことはもっともだけれど、しかしリユリユの意思が通ったことはない。フィリベールか、ラウールか、選ぶように強いられてリユリユは戸惑ってふたりを交互に見た。

「ふふ」

低い声で笑ったのは、フィリベールだ。どきりとして彼を見ると、その金色の目にはもう欲情の色はなくて、ほっとした。

「まぁ、おまえがそう言うのなら、許してやらんでもないな」

なおも笑いながら、フィリベールは寝台から降りた。彼が手を打つと、白い着物をまとった部屋係たちが音もなく姿を現した。慣れた様子で彼らに衣服を着せられて、フィリベールは優雅な足取りとともに去っていった。

「……あ」

ひとり寝台に取り残されて、リュリュは惑った。一糸まとわぬ姿で、体はさまざまな淫液に濡れている。このような姿をラウールに晒したくはなかったけれど、リュリュにはどうしようもない。肌を大きく震わせると、ラウールは何度もまばたきしながら寝台に近づいてきた。

「大丈夫か、リュリュ」

「は、い……申し訳ございません」

うつむいて謝ると、ラウールはさらに近づいてきて、寝台に片足を乗せた。

「リュリュが謝ることじゃない」

その口調はいつものラウールではなかった。彼は確かに怒っていて、その原因はわからないでもない。それでもリュリュはどうしようもなくて、また謝罪した。

「どうしてこんなこと、父上に許すんだ」

ラウールの後ろから、三人の側仕えが現れた。彼らは無言のまま、リュリュの体を拭い衣服を着せてくれた。人の手を借りての着衣など、リュリュにとっては慣れないことだ。しかしリュリュが逃げないようにとでもいうように、ラウールが一部始終を見つめている。

リュリュはすっかりきれいになった。ひとつため息をつく。そんな彼のもとに、ラウールが歩いてくる。

「行くぞ、リュリュ」

「は、い……っ」

小さな手を差し伸べられて、それに応《こた》えるとぎゅっと力を込められた。彼に引かれるままにリュリュは脚を動かして、やがて慣れた回廊に出た。そのまま引っ張られて、ラウールの寝室に招き入れられる。毎日訪れる、見慣れた部屋だ。しかしこのような時間までいたことはない。それを思うと、なぜだか落ち着かない。

「リュリュ」

そんなリュリュを、ラウールは怒りをぶつけるように見つめてくる。そのまなざしに、リュリュはますます落ち着かなくて、両脚をもぞもぞさせた。

「どうして、父上の寝室に行くんだ。初めてじゃないって、俺にもわかる」

「……あれが、私の役目のひとつなのです。ここに置いていただける、理由のひとつです」

リュリュの声は震えていた。それを聞くラウールは、苦いものを噛んだかのような顔をしていた。

「そのために、父上の欲望の対象になるのか?」

「え……」

思わずぎょっとして、リュリュは声をあげた。まだ幼い子供の口から聞くような台詞《せりふ》ではない。そんなリュリュの心に思い至ったのか、ラウールは少しだけ表情を緩めた。

「リュリュは、俺のものだ」

そしてまた、フィリベールの前で言った言葉を繰り返した。あのときは驚きと混乱ばかりだったけれど、こうやって改めて聞かされると、心臓が大きくどきりと鳴った。

「俺は、リュリュが好きだ」

なおも強い口調で、ラウールは言う。その言葉に物言いに、リュリュはさらに混乱させられた。

「俺こそが、リュリュを愛してる。リュリュは俺のものだから。俺のものになってあたりまえなんだから」

「ラウール、さま……」

その言葉づかいは、やはりまだまだ幼いけれど。それでもラウールの声には、彼を子供だと思えないくらいの確たる情熱があった。リュリュの心臓は、また痛いほどに鼓動する。

「それなのに、父上は……あ、んな」

あの光景を思い出したのだろう。それに気づいたリュリュは改めて激しい羞恥に苛まれた。しかしラウールにとっては、ただただ憎むべき景色だったようだ。彼は淡い色の唇を嚙みしめて、なにかに耐える表情を見せる。

「許さない」

「ラウールさま……」

ここでなにを言えばいいのか、リュリュには見当がつかなかった。ただこちらをじっと見てくるラウールの視線が痛くて、同時に今まで感じたことのないなにかが、胸の奥から滲んでくる。

そんなリュリュの心のうちを、読んでいるのか否か——そんなわけはない、まだ十歳の子供が。リュリュは少し首を振って、そして改めて、変わらず注がれるラウールの視線から逃げようと目をうろうろさせた。

「リュリュは、俺のものだ」

繰り返し紡《つむ》がれる声は、どんどん逞しく力強くなっていく。目の前のラウールが、見たことのない寄り添える男に見えてリュリュの胸は騒いだ。

「……だから」

「あ、あっ……！」

ラウールは素早く立ちあがるとリュリュに近づいた。あ、と思う間もなく頬に触れられ、顔を寄せられて唇に柔らかいものを押しつけられた。

「ラ、ラウールさま！」

それがくちづけであると気づいた刹那《せつな》、反射的にリュリュは声をあげた。立ちあがりラウールから遠ざかり、そしてほとんど無意識のうちに部屋を出る。

「は、あ……は……っ、は……」

無我夢中のうちに、リュリュは自室に駆け込んでいた。灯《あか》りもなく、しんとした冷たい部屋に入って、すると心臓の鼓動が改めて痛むほどに打っているように感じられる。

(なんだ……これは、なんだ)

自分の寝台に手を置いて、何度も荒い呼吸を繰り返す。馴染んだ部屋に入ってもなお、どきどきと打ち続ける胸をぎゅっと押さえた。

(こんなに、胸が痛いなんて……どうして)

思いもしなかった自分の反応、なによりもラウールの言葉と行動に動揺している。あれは、なんだ。ラウールをあのような行動に駆り立てたものはいったいなんなのか。その正体を知っているような気もするし、まったくわからない気もする。冷たい寝台に手をついたまま、リュリュは新たに何度も呼気を吐いた。

(ラウールさまは……どうして。なぜ、あんな……)

たかだか小さな子供なのに。それなのにこれほどに意識してしまうのはなぜなのか。生まれたときから毎日、ずっと近くに見てきた彼の顔が、今になって突然リュリュの知らない男のものになって目の前に迫る。

(私は、ラウールさまの守係なのに)

思い返す必要もない、あたりまえの事実を思い出す。

（こんな……こんな、想いのまま）

未だに落ち着かない体と気持ちを持て余したまま、脳裏を鮮《あざ》やかに染めたラウールの見たことのない表情が、いつまでもまるで焼きつけられたかのように、離れない。

◆

どのような夜も過ぎ去って、曙《あけぼの》に染まった朝が来る。生まれてから今まで、長い長い時間を過ごしてきたリュリュでさえも、その例外を見たことはない。

ゆっくりと瞼《まぶた》を開いて、リュリュは大きく息を吐いた。今まで数えきれないほどの朝を迎えてきたけれど、これほどに陰鬱《いんうつ》なものは初めてだ。そのままた目を閉じたかったけれど、そういうわけにはいかなかった。リュリュには勤めがある。

いつもの手順で身支度をした。頭を働かせなくても、手が勝手に動く。だからこそリュリュの脳裏からは、なおも忘れたい光景が滲みついたように離れない。一晩経っても、否だからこそますます鮮やかに蘇《よみがえ》るのだ。

「……う、っ」

懸命に頭を振って、記憶を消してしまおうとした。それに成功したかどうかはわからないままに部屋を出て、いつもの方向へと足を向ける。

「おはようございます」

やはりいつも通り、王子の寝室の前には衛士の者が立っている。丁寧に挨拶《あいさつ》をしてくる革鎧の男に、リュリュも挨拶を返した。

ラウールの寝室に入って、目を凝《こ》らす。窓幕は閉められたままだから部屋は薄暗い。リュリュは一枚一枚、丁寧に開けていく。部屋には眩しい朝陽が満ちていき、すると寝台にできている小さな山が、もそもそと動いた。

「……ラウールさま」

そっと呟くと、山はまた動いた。すぐに静かになり、また動く。繰り返される動きに、思わず笑ってしまった。

「ラウールさま、おはようございます」

いつも通りに声をかけ、それに「ううん……」と返事のような、ただの呻きのような声があがる。リュリュはまた笑って寝台に近づく。動いたり静かになったりを繰り返す山に手を置いて、ぽんぽんと叩くと山はぴたりと動きを止めた。

「お起きになってください。朝ですよ?」

「起きたくない……」

いつも通りの、ラウールの反応。朝が来るたびに繰り返される儀式のようなこの時間が、リュリュは嫌いではなかった。いずれラウールも大きくなって、ともすれば王となって君臨するかもしれない。そのころにはもう用なしになっているリュリュが彼に近づく機会はないだろうけれど、だからこそこうやって繰り返される朝の儀式は貴重だと思うのだ。

「そんなことおっしゃらないで。ほら」

ややあって、ラウールは山から出てきた。髪が乱れていて、目がちゃんと開いていない。いつものラウールだ。見慣れた姿を目に、リュリュはどきりとした。

(あ、っ……)

昨夜はその目がぱちりと開き、金色の瞳が爛々《らんらん》と輝いていた。大きく開いてあくびを洩らす唇は、思い出しても身の震える言葉を紡いだ。明るい陽の中では信じられない、しかししっかりと脳裏に焼きついている記憶はたちまちリュリュをとらえて動揺させた。

「おはよう……リュリュ」

「……おはようございます」

目の前のラウールは、いつもと変わらない寝ぼけた声で挨拶してくる。その姿からは、昨夜の情熱的な姿はとても想像できない。いつも通りの十歳の子供だ。

「さぁ、早く。目を覚まして、お顔を洗ってください。朝の祈りの時間がきますよ」

「う、ん……」

なおもあくびをし目を擦るラウールを前に、リュリュは微笑みを誘われるばかりだ。それでもときおり、ラウールが見せる表情――どこか妖《あや》しい光を帯びて、リュリュを動揺させる色を秘めている。

そんなラウールに視線を向けたり、動揺して目を背けたり。リュリュにとっては、経験したことのない忙しない朝だった。

◆

いつもながらに勉強を嫌がるラウールを、今日も無事に学習の間に押し込んだ。今からのリュリュの仕事は、詰め所でラウールを待つことだ。扉の向こうからは教師の大きな声が聞こえてくる。その声に怯えていたラウールは、今はどう感じているだろうか。大丈夫だろうか。そのようなことを考えながら、白い雲が流れていく窓の外の光景を眺めていた。

「あ」

かち、かち、と時を告げる掛け時計を見あげてリュリュは、はっとした。そろそろラウールの授業が終わるころだ。茶を淹《い》れる準備をしなければ。

リュリュは立ちあがって、部屋を出た。いつもは部屋づきの侍女がする仕事だけれど今日は、先日リュリュが見つけた花の茶を淹れるのだ。リュリュも試飲したけれど、ほのかに甘く、同時にすっきりとする味だった。これならラウールも気に入るだろうと思った。彼の口に合うといいのだけれど。

「……あ」

部屋を出て水場へ向かう。回廊の向こうから、黒緑の衣装をまとった男性の一団がやってくる。リュリュは壁側に寄って、敬意を込めて軽く頭を下げた。

「ああ……出来損ないのオメガか」

俯《うつむ》いていたので、誰がそう言ったのかは確かめられない。しかし王宮で黒緑の衣装をまとう者たち、そして重なり合ういくつもの声から推測できる。こうやってあからさまな蔑《さげす》みの言葉を投げかけられるのは初めてではない、それどころかリュリュにとっては慣れた日常だった。

「子も孕めぬくせに、いつまでここにいるのか」

「のうのうと、厚かましいことだ」

聞こえてくる声に傷つかないわけではない、しかし長い年月を生きているリュリュにとって、この程度の言葉は慣れたものだ。リュリュは身動きせずに、ただじっと彼らの声を聞いていた。

「陛下がお許しになるからと、甘えておるのだ」

「恥ずかしげもなく」

黒緑の衣装の者たちはひと通り言い飽きたのか、やがて衣擦《きぬず》れの音とともに去っていった。あたりに静けさが戻ってきて、リュリュは大きく息をついた。

(オメガの存在意義は、アルファの子を産むこと)

改めて揺るがぬ事実を確かめながら、リュリュは自分がここにいる理由を噛みしめた。今までどのアルファに、どれほどに体を蹂躙《じゅうりん》されてもリュリュが孕むことはなかった。子をなすこともできないオメガでありながら王宮仕えに甘んじているリュリュは、確かに厚顔なのだろう。王の気まぐれの寵愛《ちょうあい》に寄りかかることに恥を持たない——ここを出て行けば、リュリュには生きていく術がない。しかしそれでさえも、言い訳にすぎないのだろう。

そのようなことを考えながら淹れた茶は、上手に美味さを引き出せていないかもしれない。そのような懸念とともにラウールに出した一杯に、彼は笑顔を見せた。

「美味いな、これ」

そう言ったラウールの表情があまりにもかわいらしくて、同時に潜《ひそ》む妖艶《ようえん》さを見てしまって、リュリュは慌てて視線を逸らせた。

「それはなによりです……よかった」

リュリュの声は、自覚できるほどに掠れていた。そんなリュリュを前にラウールは少しだけ首を傾げた。艶やかな黒髪が波を作る。その美しい色目に、またリュリュの心は揺れた。

「リュリュも飲めば？」

「そうですね……いただきます」

ラウールはいつも通り、変わらない。しかしそんな彼を前にして、リュリュの胸中はどうしても落ち着かない。茶器に目を向けて新しい茶の味わいに集中しようとするのだけれど、どうしても一心になれない。

(なにもかも、変わらないはずなのに……)

変わったのは己の心のありかただけだ。このような気持ちは、今までに味わったことがない――リュリュの長い人生の中で、一度もだ。しかもこうやってリュリュの感情を揺すぶるのは、たった十歳の子供なのだ。いかにアルファの気配が濃く現れていて、ドミナンスアルファになるであろう確信があっても、今、目の前にいるのは小さな子供にすぎない――リュリュの生きてきた年月に比してもわずかな時しか過ごしていない、この子供が。

「リュリュ? どうかしたか」

「い、え……なんでも」

己の心を隠そうと、懸命に笑顔を作った。リュリュの表情が、ラウールにはどう届いたのだろうか。彼は少し首を傾げたけれど、いつものような明るい表情に戻ってまた茶器に口をつける。

(なぜ、ここまで……?)

子供ながらに聡く、理知的で俊英な王子だ。そんなラウールの守役を任されたことを誇りに思っていたけれど、今さらながらにそれだけではない、彼の瞳の奥にある官能に気がついてしまった――そのようなもの、知りたくなかったのに。否、本来なら知らずに済んだのに、どうして気づいてしまったのだろうか。

ラウールの舌に合うように、茶はぬるめに淹れた。それを彼は喜んで、すぐ茶器は空になった。

しかしもっとラウールを喜ばせたのは、厨係の手による焼き菓子だ。確かに茶では、腹は膨れない。

「これ、なにか黒いの入ってるな」

「胡麻《ごま》だと聞いておりますが」

「ああ、そうか」

焼き菓子を齧《かじ》っている姿は、確かに幼い子供なのに。その瞳の奥に宿っている艶めいた光に気がついてしまった、気づきたくなかったのに気づいてしまった。

（で、も）

先ほどよりも楽しそうな顔で菓子を齧っているラウールに、この心のうちは見せられない。気づかれてはいけない――リュリュはゆっくりと、息を呑み下した。いつも通りの表情を作りながらラウールを見守り、だからこそ胸中は嵐のごとくに揺れていた。今まで経験したことのない感情の千波万波《せんぱばんぱ》に心を翻弄されながら、ただ美味そうに菓子を齧っているラウールを注視している。

（私は……孕まないオメガだ）

そのことはよく知っている、受け入れている。しかし今、これまでないくらいにそれが辛いのはなぜだろう。すれ違った黒縁の衣装の聖職者たちの言葉がこたえたのだろうか。あのような侮《ぶ》蔑《べつ》には慣れているはずなのに――なぜ、なぜ。

「どうした、リュリュ？」

「……いえ、なんでも」

こちらを見やって首をかしげるラウールにいつもの笑みを見せながら、リュリュはそっと自分の胸に手を置いた。

episode.4【花盗人のためらい】

幼いながらに次代の王と目され、王宮に自分の棟を持っている。

これだけで、この国におけるラウールの立ち位置というものがわかる。現在の王であるフィリベールがそれだけ目をかけているという証だ。まだ幼くてアルファであることも証明できていないのに、これだけの扱いを受けるということから周囲の期待のほどが窺《うかが》える。

とはいえラウールは、たった十二歳の子供にすぎない。最近、急激に大人びてきて注いでくる視線にどきりとさせられることがあるとはいえ、甘えて抱きついてくるのも彼にとっては、物心つく前からそばにいる守り係への幼い愛情ゆえにほかならない。それを受け止めるリュリュがどういう心持ちでいるのかなど、ラウールの知るところではないのだ。

「今日の朝ごはん、なに？」

「マプラオーのカオーと、厚揚げ添えのパターイと聞いておりますが」

「そうか、カオー！」

黄色く炊いた米に白いルーをたっぷりかけたマプラオーのカオーは、ラウールの好物だ。着替えをさせてふたり揃って渡廊を歩いていると、向こうからやってくる一団に出会った。

「メサジェ」

将来の王として見込まれ、個人の棟を与えられている者はラウールだけではなかった。この王宮にはほかにふたりそういう子供がいる。城の外に自分の館を持っている者もいると聞いているが、リュリュの知っているのは三人、ひとりはラウール、もうひとりは目の前の少年だ。

ラウールに「メサジェ」と呼ばれた少年は、どこか忌ま忌ましいといった表情をしている。子供ながらにラウールを嫌っているという態度を隠さない彼に、リュリュも好意を持つというわけにはいかなかった。

「珍しいな、ここまでやってくるなんて」

ラウールがそう声をかけても、いくつか年嵩のメサジェはちらりとこちらを見やってくるだけだ。淡い緑の目は宝石のような輝きを孕んで美しいのに、どうしても怪しい印象が拭えない。それは彼がいつもこうやってラウールを敵視するように見つめるからで、リュリュとしてはそういう印象を持つことは仕方がないのではないかと思っている。

リュリュが顔をあげると、メサジェの守り役である黒髪の青年と目が合った。彼はあるじほど無愛想ではないらしく軽く会釈《えしゃく》をしてきたが、そのままメサジェは守り役と近侍を促して、ラウールたちの前から去っていってしまった。

「……？」

リュリュはラウールと目が合って、ふたりして肩をすくめた。反射的に思わず笑ってしまい、メサジェの作った不愉快な雰囲気はいつの間にか消えていた。

「おはようございます」

ふたりで笑い合っているところへ、丁寧な挨拶の声がかけられた。給仕係の女官に案内されて食堂へ向かい、リュリュの聞いた通りの献立の並んだ円卓を前に、ラウールが歓喜の声をあげる。それを微笑ましく見やりながら、リュリュも朝餉《あさげ》の席についた。

正式な践祚《せんそ》があったわけではない、しかしラウールは次代の王候補だ。その地位には並々ならぬ意味があって、それがこの大きな円卓に並べられたたくさんの皿だ。

「リュリュ、あれ取って」

「はい」

ラウールに呼びかけられて、リュリュは白いルーのかかった黄色い米の皿を取る。受け取るのは卓についている女官だ。彼女たちは手早く大きな皿からひとりぶんの小さな皿に食事を移す。ラウールは待ちきれないとでもいうように女官を急かし、皿を受け取ると顔を輝かせた。

「ラウールさま、急いでは咽喉に詰まらせますよ」

「うう」

心配するリュリュに、ラウールは呻きのような声で答えた。すでに彼は食事に夢中になっていて、リュリュを見ていない。そんな子供らしい仕草はいつも愛らしいと思ってしまうのだけれど。

（……あ）

広い食堂の向こうから、こちらを見つめてくるいくつかの視線があった。それはいつものことだったけれど、今日はなにやらそれが引っかかるような気がして、リュリュはちらりとそちらを向く。

ラウールの円卓に引けを取らない大きさの卓を前に、朝食を摂っているのは三人目の王子、エジットだ。確か今年で十二歳になる、アルファと見込まれた次代の王候補――どこかおどおどとした、赤みがかった明るい黒髪と緑の瞳の少年だ。エジットは自分が王になる未来を望んではいない。しかし王たる地位は本人の意思によるものではないのだ。エジットが王に適した人物か否か、それは彼がアルファであることが判明すれば行われる教育において鍛《きた》えられて初めて判断される。なによりも、アルファであるという資質――それがもっとも大切なことだ。

「リュリュ、どうした？」

「え、っ……いえ」

思わずエジットを見つめていたリュリュは、口のまわりに白いソースをつけたラウールの呼びかけに、はっとした。

「なんでもありませんよ」

「うわっ」

ラウールが悲鳴をあげた。リュリュがナフキンを取って、汚れた口もとを拭ったからだ。

「痛い痛い、痛いって！」

リュリュは肩をすくめて、手を引いた。ラウールは恨めしそうな目つきでリュリュを見ている。

「申し訳ありません……」

「リュリュは、いつまで経っても乱暴だ」

「すみません……」

思わずうつむいたリュリュを見て、ラウールは笑う。本気で怒っているわけではない、それはリュリュもわかっているが、ついつい力を込めてナフキンを扱ってしまうのは、単なる癖なのだ。

「……あ？」

広い食堂の向こう側が、突然騒めき始めた。リュリュも反射的にそちらを見やった。エジットの卓だ。エジットの濃い赤の髪が床に広がっている。まわりの女官たちが声をあげていて、この広さでも異様なことが起こったのがよくわかる。エジットは急に倒れたのだ。しかも異様な事態で。

ラウールが、不安そうな表情をリュリュに向けてきた。彼に頷きかけて、リュリュは立ちあがる。同時に立ったラウールの手を取って、足早に食堂を出た。

「なぁ、あれ……」

「エジットさまには、お気の毒ですが」

「やっぱり、そういうこと？」

リュリュは何度も首肯《しゅこう》した。足早に回廊を進み、その間もエジットの身になにが起きたのか考えたけれど、やはり悪い考えしか浮かばなかった。

ふたりしてラウールの昼の間に入り、彼はいつもの通り床に置かれた大きなクッションにもたれかかったラウールを見つめた。彼は明らかに憂鬱《ゆううつ》そうな顔で、大きな窓の外の景色を眺めている。今日はいい天気で、朝陽が明々と照り冴えている。その光を受けた庭園の鮮やかさを見やりながら、ラウールが呟いた。

「エジット……大丈夫かな」

「わかりませんが……」

不安なのはリュリュも同じだ。庭に目をやったまま、ラウールはため息をついた。

「こういうことが、ずっと起こるのかな？」

「それは……」

そのようなこと、リュリュにもわからない。今まで政治的陰謀にまつわるいろいろな事象を見聞きしてきた。このたびのエジットの身に起こったようなことも珍しくはなかったけれど、だからといって平気なわけでもない。エジットの身が無事であることを祈るばかりだ。

先ほどからじっと窓の外を見つめているその脳裏にはなにがあるのか、気になったリュリュは、おずおずと声をかけた。

「ラウールさまも……ご自分の御身にあのようなことがあれば、と……懸念していらっしゃいますか？」

そんなリュリュの言葉に、ラウールは振り返った。彼の大きな金色の目はどこか濡れているように見えて、リュリュはどきりと跳ねた胸をぎゅっと押さえた。

「別に……怖いとかは、ないんだ」

悲しそうにそう言うラウールに、またリュリュの心臓は不規則に動いた。

「ただ、ああいうことが普通にあるとか……慣れるのは、よくないことだと思うんだ」

賢しげな表情でそう言うラウールに、疼《うず》くような感情が浮かぶ。飛び出すようなことがないように、胸に当てた手に力を込めた。

「ここは、そういう場所だから……わかってはいるけど」

そしてラウールは、ため息をついた。目の前の子供は、これほどの感性を持っている。そのことを思うとリュリュはますます暗澹《あんたん》たる気持ちになった。ラウールに目を向けると、彼はじっとリュリュを見ている。視線が合ってまたどきりとした。

「リュリュは、ずっと……こういうの、見てきたんだよな」

「まぁ……そうですね」

ラウールの言葉は、まさにその通りだった。口ごもりながらリュリュは頷いて、そんな彼をラウールはじっと見ている。

「いつの世にも、なくならないものなのかな」

「そう……かもしれません」

どういう意図でラウールはそのようなことを訊くのだろう。リュリュの答えによってはラウールが世の中に対しておかしな視点を持たないか、懸念してしまう。

「たとえば、俺が……王になって、そういう常識を覆《くつがえ》すとか」

「ラウールさま……」

思わぬ彼の発言に、反射的に顔をあげた。ラウールの目はますます輝いて、それは彼が今までにないことを考えている証だ。リュリュは今までに、何度かそういう表情を見てきた。

「だいたい、アルファだってことがわからないと王太子に据えられないってのはよくないな」

考え込む様子を見せているラウールの前、リュリュはおろおろしてしまった。

「だからこうやって、面倒が起こる……王太子の候補がたくさんいるのは新たな争いの種になるんだ……だから、それを」

「ラ、ウールさま」

「それぞれのトゥアミアをはっきりさせないのもよくない。トゥアープが大切ならトゥアミアだって同じなのに」

トゥアープとはアルファの親、トゥアミアとはオメガの親のことだ。彼がおかしな思考に迷い込んでしまわないように慌ててリュリュは声をかけようとした。やはりラウールは難しい顔つきをしていて、リュリュはますます混乱した。

「……ラウールさま」

閉めた扉の向こうから、微かな女官の声がする。するとラウールはいつもの子供っぽい情に変わって、リュリュを笑わせた。

「さぁ、お勉強の時間ですよ」

「やだぁ……」

「いや、で済むことではありません。これもラウールさまの務めなのですからね」

「うう……」

死んだふりをしてクッションに摑まって離さない指を、一本一本剝がしてやった。そのうえでまた呼びかけると、剝がされた指がリュリュの手をぎゅっと握った。

「ラウールさま……」

「リュリュ、好きだよ」

輝く金色の目に見つめられて、そう呟かれて、やはりまた動揺してしまう。そんなリュリュの反応をどう感じているのか、ラウールは真剣なまなざしで繰り返す。

「好きだよ、好き」

「あの、ラウールさま……」

ラウールは、どういうつもりでこれほどにリュリュを追い詰めるのだろうか。手を握るだけではなく、そのまま腕を辿って肩に腕をまわし、力を込めて抱きしめてくる。

「も、もう十歳なのに……このようなことをしては、いけません」

「どうして？」

リュリュを両腕の中に閉じ込めたまま、ラウールは尋ねてくる。小首を傾げるさまはあまりにも愛らしくて、そうやって抱きしめられたリュリュは、どうしても落ち着いてはいられない。

「年齢なんか、関係ないよ？　俺はリュリュが好きなんだ」

「困らせないでください……ラウール、さま」

そうやって戸惑っているリュリュで遊んでもいるのか。ラウールはなおも抱きついて、リュリュの腹のあたりにぐりぐりと頭を押しつけてくる。

そんな彼の柔らかい髪を撫でたい。柔らかそうな頬に触れたい。許されるならそこにくちづけをして、そしてなおも嫌がられないのなら――リュリュは固唾を呑んだ。

「……そのようなことをおっしゃるのなら」

「なに……？」

リュリュは、指に絡んだラウールの髪を少し握った。痛くはないように、それでも胸の奥に潜む気持ちを込めて、そっと指に絡めた。

「リュリュ……怒った？」

「怒っては、いません」

ささやくような声でそう言うと、ラウールは顔をあげた。そのあどけない顔が、金色の瞳が、リュリュに向けられている。彼の意識がこちらに集まっていることが嬉しいような、いたたまれないような。思わずリュリュは視線を外してしまう。

「じゃあどうして、俺のこと見ないの」

どこか責めるような口調でそのように言われて、はっとラウールを見やった。彼の、輝く金色の瞳――リュリュをじっと凝視している。それを晒されて、背筋がぞくりと反応した。そんなリュリュを押しとどめるように、ラウールはなおもこちらを見あげている。

「あ……っ」

リュリュの手は、おずおずと動いた。自分でもなにを求めて動いているのかわからない、それでも手はゆっくりとラウールの体にまわり、そっと背を撫でて、そして自分の手に力を込めようと――。

「は、っ！」

ふたりの声は、同時に響いた。部屋の扉が叩かれて、枯茶のローブをまとった官人たちが現れる。

「先生がおいでです。ラウールさま、学習室においでを」

「はぁい……」

膨れたラウールは、それでも渋々返事をした。リュリュから体を離して立ちあがる。ラウールの身の温もりが遠ざかってしまって、にわかにさみしさが全身を走った。

「リュリュ、早く」

先ほどまで赤児のように擦り寄っていたことなど忘れたのか、ラウールは大きな足取りで扉のほうに走っていく。少しばかりよろよろとしながら立ちあがり、リュリュはラウールのあとを追う。それが自分の仕事だから——そう己に言い聞かせて、リュリュはまた日常に足を踏み入れる。

◆

朝がきて、太陽が頂点を行き過ぎて。陽が夕暮れの狭間に落ちて、そして夜がくる。

リュリュは、眠るラウールの顔を見つめていた。抱きつかれて好きだと繰り返されて、しかしそれは幼いころからの馴染みである守り役に対してのものなのか、それともリュリュをひとりの人間として見ての心なのか——そのようなことは考えるまでもない。ラウールはまだまだ幼い子供なのだ。彼にとってリュリュは守ってくれる大人であり、自分のことをすべて知っている心許せる相手であり、ゆえにこれだけの愛情を向けてくれるのだ。

「……、……」

それでいいではないか、それ以上の地位を求めるなど不遜だ。身のほどを知れ——自分自身にはそう言い聞かせるのだけれど、それでもラウールの心がリュリュを求めていると、唯一頼るべき相手としてリュリュを愛しているのだと——そのような世迷言をついつい信じてしまいそうになる。

「……んっ」

ラウールが寝返りを打ち、微かに洩らした声にどきりとした。それは意味をなさない寝言に過ぎなかったけれど、確かにリュリュの胸をかき乱した。

薄く開いた珊瑚《さんご》色の唇、真珠のように白く整った歯列。今ではさすがにもうしないけれど、小さな歯を磨いてやっていたときもあった。きちんと丁寧に磨きたいばかりに力を込めてしまって「痛い！」と苦情を受けたときもあった。

「……、……」

そのころのことを思い出したのか、それともリュリュの脳裏には別の思惑があったのか——思わず手が伸びた。そっとラウールの顎に触れる。柔らかい肌の感覚に、思わずため息が洩れる。

顎をくすぐられても、ラウールは反応しなかった。甘そうな唇が、乳を求める赤児のように動く。思わず指をすべらせて彼の唇に触れると先端を含まれ、ちゅっと音を立てて吸われた。

「ん、ん……っ」

リュリュの体の奥の、今までずっと眠ってきた感情がむくむくと湧きあがる。眠っていたというよりは、抑え込んできた——そのようなものは存在しないと信じ込んでいたもの。

「ラウール、さま……」

小さな声で、彼の名を呟いた。それも聞こえていないらしいラウールの口もとにそっと顔を寄せて、少し開いた唇にそれを押しつけた。

「……ん、っ」

柔らかい、甘い唇。それに背筋が、ぞくぞくと震えた。まるで自分が猛禽《もうきん》類にでもなってしまったようだと感じる。

また小さな声でラウールに呼びかけて、そして顔を伏せた。後悔したのだ。このようなことを許されるはずはないのに。しかもこのように幼い子供を——自分はなにを考えているのか、ラウールを前に、なにを求めているというのか。

「……、……」

ラウールの寝顔を見つめながら、リュリュは思考を巡らせる。そういうふうに自分の考えの中に入ってしまっていて、だから気づくのが遅れた。

「リュリュ」

「……！」

静かなその声に、はっとした。反射的に大きく目を見開いて、掛布の中からこちらを見ているラウールの視線に気がついた。

「あ、あ……っ……」

思わず潰れたような声を洩らして、そのままリュリュは後ずさりした。ラウールはゆっくり起きあがって、そんなリュリュを見つめている。その視線につかまえられたかのように、リュリュはそれ以上動けなかった。

「リュリュ、は」

今まで眠っていたからだろうか、ラウールの声はやや掠れている。それがいつもと違って色めいている、と感じたのは気のせいだろうか。

「俺を、好きなんだろう?」

「い、あ……っ……」

思わずくぐもった声をあげてしまい、慌てて口もとを押さえた。しかしラウールのぶつけてくる視線から逃げることはできない。

「言ってみろ、リュリュ」

「ラウールさま……」

言うまでもなく、ラウールはリュリュの意図をわかっている。それでいてリュリュに言えと迫る彼の意図はなんなのか。そしてなによりも十二歳の子供を前に、これほどうろたえる自分はなんなのだろうか。

「リュリュ。俺のことが好きなんだろう? 言ってみてよ、リュリュから聞きたい」

やはり掠れているとはいえ、しっかりした口調でラウールは言う。その金色の瞳は、この薄暗がりの中で輝いているかのようだ。リュリュはまたそろそろと後ずさりして、そのまま勢いよくきびすを返した。

「リュリュ」

しかし扉まで逃げる前に、背後を追ってくる足音がある。ばさりという音はラウールが上掛けを剥いだからだろう。

「……や、っ……」

「リュリュ」

彼は思いのほか早く、逃げようとするリュリュに追いついた。まだまだ華奢《きゃしゃ》なのに、逃れられない力を孕んだ腕でぎゅっと抱きしめてくる。

「リュリュ。リュリュは俺が好きなんだろう？」

「そ、れは……」

ぶるり、と震えたリュリュの体にラウールはさらに強く腕をまわしてくる。

しばらくラウールは、そのままの体勢でリュリュを抱きすくめていた。ややあって彼は、ふっと息をつく。

「俺は……王になる」

「ラウールさま……」

驚くべき発言ではない。特にラウールは、幼いながらに自分が次代の王であることを意識している。血の流れからも、彼が王になることを想像するのは容易だ。しかしこのたびラウールが自分の即位への自信を語るのは、単なる征服欲ゆえではない。彼は腕の中につかまえた、リュリュを意識して言っているのだ。どく、どくと響く心臓の音がラウールに気づかれてはいないだろうか。そう思うと、ますます体に緊張が走る。

「王になって、リュリュを正式に俺の王妃にする」

「え……？」

その言葉にリュリュは、思わず声をあげた。『王妃』などという言葉は初めて聞いた。それが王の配偶者を指す言葉だということはわかったけれど、このバシュロ王国にはそのような制度はない。王のまわりにはたくさんのオメガが侍っているが、いずれもただ『王の子を産む』ためだけに集められたオメガたちだ。その中に地位の優劣はない。ましてや王妃という身分もなければ、そこに座る者もいない。ともすれば昔にはそのような制度があったのかもしれないが、少なくともリュリュがこの王宮に来てからは『王妃』たる人物はいなかった。

「リュリュが、俺の王妃だ」

「ラウール、さま……」

ぎゅっと抱きしめられて、熱い言葉を聞かされて。どく、どくと心臓が跳ねる。それをも自分のものにしようとでもいうように手を置かれて、なおもラウールはささやいた。

「俺は、王になる……リュリュを、俺だけのものにする」

まさか、そんな、とリュリュは混乱していた。それはラウールから聞かされるとは思ってもみなかった言葉で、同時に心の奥で少しばかり期待していたのかもしれない――ラウールの情熱にあてられて、リュリュは何度も身震いした。

「それまで、待ってて……ほかの誰かのものにならないで」

「ラウールさま……」

呻くようにそう呟いてリュリュは、はっとした。

(私は……私は、こんな……)

ラウールの抱擁《ほうよう》に身を委ねながら、リュリュの脳裏にはいつのころからかあたりまえになっていた。しかしラウールには告げていなかった秘密が過ぎる。

今まで隠していたことを、ラウールのためにとささやいた。

「私は……孕まないオメガですから……」

「それがなに？」

ラウールの物言いに、驚いた。リュリュは思わず振り返る。そこには輝く金の瞳があったけれど、リュリュを侮《あなど》る色どころか驚いた様子さえない。

「孕まない私など、なんの役にも立ちません」

震える声を、できるだけ抑えながらそう言った。そんなリュリュを、ラウールは少しばかり睨んでくる。

「役に立つ、だと？」

そう言ったときのラウールの瞳の輝きは、今までに見たことのないものだった。リュリュは驚いて瞠目する。

「あの、ラウールさま……？」

ラウールがなにをもってそのように言うのかわからない。リュリュはラウールを見つめ、するともどかしそうに彼は呻いた。

「役に立つとか、立たないとか。そういうんじゃない」

ぎりっ、とラウールは歯を噛みしめた。そんな彼にますます驚くリュリュの前、ラウールはその大きな金色の瞳をまたきらめかせる。

「リュリュは……俺のことを、どう思ってるんだ」

「え……」

どくり、と大きく心臓が鳴った。リュリュが隠していること、この心の奥の色にラウールは気がついているというのか。リュリュの胸のうちになにがあるのか、ラウールは知っているというのだろうか。

「わ、たしは……」

揺るぎなくリュリュを見つめる子供を、見返しているだけで胸の鼓動が激しくなる。そんなリュリュの動揺に気づいているのかいないのか。ラウールはなおもリュリュを抱きしめたまま離さない。

「俺のこと、好きなんだろう?」

どう思うか、と尋ねておきながらラウールは、リュリュがどう答えるかわかっているのだ。それを疑ってもいないようだ。そんなラウールを前に、どう答えればいいのか。自分の体が微かに震えていることが、どうしようもなく気になった。

「俺の唇を盗むくらい、なのに……」

「っ！」

今度こそは、リュリュの体の反応はラウールに気づかれただろう。気づけばリュリュはラウールを振り払って、薄明りが灯った回廊を走っていた。

「はっ、は……っ、は……」

自分の呼気がやたらに荒い。それを煩《わずら》わしく感じながら自分の部屋に飛び込んだリュリュは、整えられた寝台に飛び込んだ。

「……あ、あ……？」

横になって少しばかり落ち着いてみると、腰のあたりが無性にくすぐったい。衣服の上から何度か擦り、それでも落ち着かなくて同時に奇妙な違和感があった。そろりと服を引きあげるところの淡い灯りの中ではよく見えないけれど、皮膚になにか異物が貼りついているように見えた。

「なに……？」

ラウールに迫られた衝撃はどこへか、リュリュは自分の身に起こった異変に驚くばかりだ。体を起こして、変化のあった場所をまじまじと見る。それでもやはりよくわからなくて、リュリュは寝台から降りた。燭台の蠟燭《ろうそく》に火をつける。

「こ、れ……っ……？」

それを目にして、リュリュは思わず声をあげた。燭台を落とさなかったことは幸いだった。驚きのあまり頭のどこか遠いところで、そのようなことを考えてしまう。

「……なに、これ……?」

信じられない、見たこともない。長く生きてきて、しかしこのようなものを見たのは初めてだ。

恐る恐る自分の腰を撫でる指先。そこにあるのは、まるで魚の鱗のような——奇妙なものを目にして、リュリュの背筋がぞくりとわなないた。

(こんな、もの……今まで、見たこともない……)

指先に感じるのも、蠟燭の灯りの中に目に映るのも、魚のような蛇のような鱗だ。擦ると感覚が伝わってくるから、確かに自分の体の一部なのだろう。しかしこのように奇妙なもの——。

「い、たっ!」

爪で引っ掻いてみた。剝がれそうに思ったのだが、それはやはりリュリュの体の一部らしい。それこそ爪が剝がれそうになったときと同じような痛みが走って、慌てて手を離す。

(こんな……こんなもの、いったい……)

ただただ気味が悪くて、それでもはっきりとリュリュの腰に貼りついている。剝がすこともできず、さりとて確かに自分の体に生じているものだということを受け入れることもできず、リュリュはただ震えた。

(どうして……こんな、こんな……)

薄闇の中で懸命に恐怖を受け止めながら、リュリュは考える。

（私が……道ならぬことを思っているから？）

まさかと思い、しかしそうでないとはリュリュには断言できない。正体の知れない、誰にも相談できない、この気味悪いものとつきあっていかなくてはならないのかと思うと眩暈《めまい》がした――気のせいではなく確かにくらりと目の前が揺れて、リュリュは再び寝台に寄りかかった。

（これは、許されない想い）

この不気味なものが、それを示しているのだ。リュリュの体に取り憑《つ》いて、教えようとしているのだ――そう思うと、さらなる怖気が全身を走る。慣れた寝具に顔を埋めたまま、何度も深く息をついた。

（わかっている……私のように異端な……孕まないオメガが、人並みの扱いを受けようなどと……）

部屋は薄暗く、だからこそ思考はますます渦の中に嵌まり込んでしまう。己を嘲笑《あざわら》う思いとともに、リュリュの意識は暗く沈んでいった。

（なにか……これはなにかの罰なのか）

そのような思いの中に、リュリュは自分の理性が溶けていくのを感じていた。

◆

広い寝室に、か細い嬌声が響いている。

それを、どこか他人事のように聞いていた。同時に己の身の奥を刺激する苦痛——それは体を引き裂く快楽でもある——それに苛まれながら、リュリュはこの時間が終わることを願って天井を眺めていた。

「ん、あ……あ、っ……」

「リュリュ……」

掠れた声は、フィリベールのものだ。彼は大きな寝台にリュリュを押し伏せて、開いた両脚の間に下半身を寄せている。彼が前後に腰を揺らすたびにリュリュの体内は激しく揺さぶられ、それが苦しくて声をあげてしまう。その声はどこか色めいて官能的で、そんな声を紡いでしまう自分を嫌悪しつつも本能的な情動から逃げられたことはなかった。

「ひあ、あ……あ、んっ！」

「それほど締めるな、リュリュ」

いつも通りに小動物をなぶる調子で、フィリベールは微かに笑う。それでも声音にはリュリュの反応を悦んでいる色が滲んでいるのだ。こうやって何度も突かれ抉られているとオメガたるリュリュの体は本人の意思とは関係なく濡れて反応し、それがフィリベールにはたまらないらしい。

「私を、どこまで翻弄すれば気が済むのだ……？」

「そ、な……あ、ああっ！」

ぐちゅり、と生々しい音が響いて、リュリュを犯していた肉塊が引き抜かれる。反射的に喘ぎ声が洩れて、にやりと笑ったフィリベールは唇を寄せてくる。リュリュの声を舐め取ろうとでもいうように、舌を絡めてきた。

「んあ……あ、あぁっ……」

彼の唇の熱に翻弄されながら、リュリュはまた声をあげる。それはくぐもってよく聞こえなかっただろうけれど、そんなリュリュの反応をフィリベールは好んでいるようだ。舌をすべり込ませて口腔を探り、上顎を舐めて頬の内側をくすぐり、したたる唾液を舌で掬い取って、リュリュに聞かせるように水音を響かせる。それを何度も繰り返した。

「は、あ……っ、あ……」

口腔をもてあそぶことで、少しは熱が醒めたのか。唇を離したフィリベールは、じっとリュリュを見つめた。彼の鋭い視線にとらわれて、見つめ返してしまうのはいつものことだ。

(……あ)

その金色の瞳は、ラウールを思わせる。親子なのだから、似ていてもおかしくはない。思わずまばたきも忘れて見つめ、するとフィリベールはにやりと笑う。

「どうした……リュリュ」

はっ、と息をつきながらフィリベールは唸るように言った。

「このところ、やけに積極的ではないか」

「そのような、ことは……」

フィリベールは何気なく言っただけだろうけれど、リュリュの胸はどきりと鳴った。表情も変わったのか、フィリベールの笑みは濃くなる。

「いいや、リュリュ」

「ひ、っ……！」

彼の大きな手が、ゆっくりと頬をなぞってくる。反射的にリュリュは声をあげてしまい、フィリベールはますます楽しげな笑みを浮かべた。

「なにか、あったか？　私の知らないところで、悪戯でもしていたか」

リュリュの頬に、尖った爪がするりとすべった。痛みはないけれど、フィリベールがその気になればリュリュなどいつでもその爪の犠牲にできるのだろう。フィリベールは、リュリュにそう想像させるだけの人物だ。そう言ってリュリュを怯えさせ、その表情を楽しむ人物だ。

「その、ような……」

「い、あ……っ！」

そんなリュリュを見やって楽しみながら、同時にこうやってオメガを組み伏せ、アルファとしての本能を満たすことも彼の楽しみなのだろう。繋がった部分が、くちゃくちゃと淫らな濡れた音を立てる。抜き差しされるたびにリュリュは自分でも嫌悪するような嬌声をあげてしまい、唇を強く噛んでもこらえることができない。

「あ、あ……あ、ああっ！」

「ふ、っ……」

　ふたりの腹部に擦られた、リュリュの性器がふるふると震える。声を重ねて繰り返し喘ぐうちに、哀れなリュリュの性感は弾け、ぷしゅっと小さな音とともに薄い腹の上に飛び散る。

「んあ、あ、ああっ！」

「おまえの中に、施してやろう……」

　荒々しい声で、フィリベールは唸った。そのまま何度も、弛緩《しかん》したリュリュの体内を抉る。これ以上は、とリュリュが途切れ途切れに訴えるのを楽しむように見下ろしながら、衰えを知らぬ勢いとともに、熱い淫液を注ぎ込んできた。

「あ、あ……っ……！」

　その熱に焼かれながら、リュリュは釣りあげられた魚のように体をひくつかせた。フィリベールはそんなリュリュをなおも見つめながら下肢を何度か揺らし、小さく身震いをすると欲望をずるりと抜き出した。太いものを咥《くわ》えていたリュリュの秘孔は広がったまま、こぽこぽと生温かい粘液が流れ伝っている。

「……は、あ……っ……」

　こうやって抱かれることには慣れているはずなのに、リュリュは全力で駆け続けたかのように息を切らしている。そんな彼を見つめながらフィリベールは髪に指を絡ませてきた。少しばかり引っ張られ、はっとして目を開けると目の前にある金の視線には新たな欲望が灯っているのだ。

「あ、っ……」

その色に思わず肩を震わせたリュリュは逃げを打とうとした。とはいえさんざんなぶられて自由にならない体だ。大きな寝台の隅に移動するくらいしかできず、そんなリュリュをフィリベールは楽しげに眺めるのだ。

「変わらずおまえは、私を楽しませてくれる」

満足そうにそう言って手を伸ばしたフィリベールは、そっと顎に触れてくる。反射的に逃げようとすると強く睨まれて、身が竦んだ。

「おまえもそろそろ、守り役などという役目には飽きただろう」

「……え、っ……？」

どきりとした。ラウールの守り役を降ろされるのだろうか。反応したリュリュに、フィリベールは変わらず楽しむような表情を見せている。彼がそのような顔をしているときは、リュリュにさらなる陵辱《りょうじょく》を加えようとしているときだ。経験則からリュリュの背はぞくりと震えた。

「あ、っ」

フィリベールの視線がリュリュの腰に向けられたような気がして、また大きくわななないた。反射的に腰に目をやったけれど、そこは記憶の通りつるりと白いばかりだ。思わず手を這わせても指先にもなにも感じない。

「おまえはラウールを好かないと見たが？」

「そのようなこと……！」

思わぬことを言われて、気づけばリュリュは体を起こしていた。フィリベールは驚いた顔をしている。このようなリュリュの反応が珍しいからだろう。実際彼に向けてこのように声をあげたことはなかった。

「そ、のようなことは……ございません……」

「そうか？」

意外そうにそう言って、フィリベールは目を眇《すが》めてリュリュを見やる。その視線はリュリュの心を読み取っているかのようで、それを恐れてリュリュは身をすくめた。

「私を頼れ。私だけが、おまえの庇護者だ。おまえを守ってやれるのは私だけだ」

フィリベールはどこか殊勝《しゅしょう》な口調でそう言って、またリュリュの頬に触れた。このたびは爪を立てられることはなく、それどころか慈《いつく》しむように撫でられて思わぬ行為にリュリュは驚いた。

「今までもずっと、そうだっただろう？　おまえは私だけを頼りにしているはずだ」

「フィリベールさま……？」

彼がなにを言いたいのか、わからない。リュリュは首を傾げて、さらりと垂れた長い銀髪に指を伸ばしたフィリベールは、なおも慈しむように髪に触れ続ける。

「おまえは私を、慕っているな？」

「え、ええ……」

なにを訊きたいのか、フィリベールの言葉にリュリュは何度もまばたきしながら頷いた。あるじの気まぐれには慣れているつもりだったけれど、それでもその意図がわからなくて不安になる。

「あの、青二才など比べものにならぬな？」

「なっ……!?」

なんでもないことのように紡がれたフィリベールの言葉に、リュリュは目を見開いた。自分でも思わぬ動揺を誘われて過剰に反応してしまったけれど、フィリベールは少しばかり不思議そうな顔をしている。

「どうした」

「いえ……あ、の……ラウールさ、ま……に、いったいどういう関係が……？」

「なんだ？」

フィリベールのほうが驚いているとでも言わんばかりだ。言いたいことと混乱に口をぱくぱくさせているリュリュを見て笑ったフィリベールは、そのままくちづけてきた。

「ん、んんっ！」

リュリュをからかうように楽しむように、フィリベールはくちづけを濃くする。それに酔わされるように取り込まれる感覚を味わいながら、リュリュは霞《かす》んでいく意識を必死に取り戻そうとした。

(どうしてここで、ラウールさまのことが?)

フィリベールの言うことが意外だったからこそ、リュリュはなかなか彼の言葉が呑み込めないでいる。

(今までラウールさまのことをお気にされたことなど、なかったのに)

そのまま唇を奪われて、また押し倒されて。深く、落ちていく意識の中、リュリュは呆然《ぼうぜん》とそのようなことを考えていた。

episode.5 【覚醒】

その日は、ぎらぎらと太陽が照りつける日だった。

肌を刺す日光は痛いほどだったが、リュリュはそれどころではなかった。己が守り役を務める王子・ラウールが、初めて国王主催の狩りの宴《うたげ》に招かれたのだ。

ラウールは十五歳になった。すでに凜々《りり》しい青年の姿だけれど、未だ性別は未分類のままだ。馬上の彼の、ぴんと立った耳が吹く風にふるふると揺れる。それを見つめながら、リュリュは緊張に固まった体をほぐそうとしきりに肩をまわした。

招かれた面々の馬の傍らには、大きな犬を従えた屈強な男たちが控えている。彼らが握った綱の先には、やはり獰猛《どうもう》な犬たちがいて、犬飼の命令ひとつで飛び出す準備を怠っていない。

リュリュは、自分でもおかしなほどに動揺していた。ラウールが心配なのだろうが、しかしこのような感覚は、今まで守り役として務めてきたどの子供にも抱いたことがない。さりとてラウールが劣っているわけではない、それどころか今まで見てきた子供たちの中でも特に優秀だと思われるのに、それでもリュリュの懸念は晴れないのだ。

「あ、っ……」

狩りに向かう集団が、移動を始める。馬を操る彼らとは違って、リュリュたちは徒歩だ。身分ある者たちは駕籠《かご》に乗っているけれど、その先頭が動くのに合わせて狩り場に向かう。リュリュたちが森の中に入ったころには、もう狩りが始まっていた。

あたりには歓声が響き、華やかな太陽の下では馬が駆けている。騎乗の者たちが振るう鞭《むち》、犬たちが吼えたてる声、それらを煽る叫び声。それらに乗せられてリュリュもわくわくするけれど、それ以上にラウールの身を懸念する気持ちが先に立って、どうしても心から楽しめない。

(嫌な予感が、する)

陽射しは強く、暑いくらいなのに、リュリュはぶるりと震えた。なぜ自分がこのように感じるのかわからないままに、リュリュはなおも視線をラウールに向けて、そして目を大きく見開いた。

「ラウールさま！」

反射的にそう叫んだリュリュを、まわりの者たち皆が見る。そんな視線に構うことなく、リュリュは地面を蹴った。衣装がやけに足に絡む、走りにくくて煩わしい。

「な、に……リュリュ!?」

馬上のラウールが、驚愕の声をあげた。リュリュは手を伸ばして、弓を握っている彼の手を取る。ぐいと引き寄せて腕の中に収め、驚きに目を丸くしているラウールの姿に、ほっと息をついた。

「よかった……ラウールさ、ま」

「リュリュ、なに、を！」

ラウールのみならず、観客も馬上の者も皆、声をあげて騒いでいる。そのほとんどは罵声《ばせい》で、しかしラウールを抱き取ったリュリュの目の前、先ほどまで軽やかに走っていた馬が膝を折って転倒した轟音《ごうおん》に、ぴしりと静まり返った。

「なんだ……？」

驚いたのは、ラウールも同じだったらしい。横転した馬に、男たちが駆け寄っている。その放つ言葉から、馬がなにか鋭いものを踏んで蹄《ひづめ》を痛めているということがわかった。

あたりがざわざわと、騒めき始める。その中から、悲鳴のような声があたりに広がった。

「天眼だ！」

その言葉に、どきりとする。ラウールを抱えたまま、反射的にリュリュはそちらを振り返った。

たくさんの目が、驚きとともにリュリュを見ている。

「あ、っ……！」

それらの視線に、リュリュはたじろいだ。ラウールを抱く腕に力を込めてしまう。

「天眼の持ち主が、王宮にいると聞いたことがある」

「それが、あのオメガか……？」

耳に入った言葉に、大きく震えた。同時に腕に抱いているラウールが身震いをしたことに気がついて、はっと意識をそちらに向ける。

「ラウール、さま……？」

自分へ向けられた視線のことなど、忘れてしまった。リュリュは繰り返しラウールの名を呼び、しかしそれさえもすぐに忘れてしまった。

「あ、っ……」

自分の腕に抱いているはずのラウールの姿が、変化している。その輪郭《りんかく》がぼんやりとして、これほどに近くにいるのによく見えない。リュリュは何度もまばたきをした。やはりラウールは目の前におらず、同時にその体は重みを増してリュリュの腕にかかってくる。

「あ、あっ……」

まるで目の前に霞が広がったかのようだ。そしてそれは、ゆるゆるとほどけていく。やがて霞はなくなって、リュリュの腕の中には黒い毛並みの頭を持つ、ひとりの青年が収まっていた。

「あ……っ？」

思わず、間抜《まぬ》けな声をあげてしまう。リュリュの腕の中の獣頭の青年は、金色の瞳を何度もまばたきさせた。その輝きには見覚えがある。眩しいきらめきに目を眇めた。黒い鬣《たてがみ》を風にゆらゆら揺らしながら、腕の中の存在が聞き慣れた声を発する。

「リュリュ、下ろして」

「あ、はい……」

その声は、間違いなくラウールだ。彼以外であるはずがないのに、リュリュは酷く動揺してしまった。

「申し訳ございません」

いつまでも抱かれていることに業《ごう》を煮やしたのか、ラウールの口調は固かった。リュリュは慌てて彼を解放し、するとラウールはすらりと姿勢を正して地面に立った。

「アルファ……」

「いや、ドミナンスアルファだ」

「次代の王か？」

先ほどよりもさらに、あたりの騒めきが大きくなった。リュリュは思わずまわりを見まわして、より好奇心と驚きと敬意を孕んだまなざしを目にし、思わずびくりと身を震わせた。

「ラウール、さま……」

しかしなによりも、目の前の存在だ。それは確かにラウールなのに見た目はすっかり変わっている。それはリュリュも見慣れた、アルファの姿だ。ラウールがアルファであろうことは以前から予想がついていた。しかしこのように凛々しく力強く、雄々しいアルファの姿を間近に見ようとは思ってもみなかったのだ。

「ご立派な、お姿に……」

「ああ」

その声も、どことなく今までと違う。いくぶん低くなったというか、どこか落ち着きが備わったというか。先ほどまで彼を子供同然に腕に抱いていたのかと思うと、無性に恥ずかしくなった。

アルファとして覚醒したラウールは、輝きを増したように感じられる瞳で周囲を見まわす。リ

ユリュの腕の中で顕現《けんげん》した新たなドミナンスアルファは、まるで百年前からそうであったかのように、堂々とそこにあった。いつの間にかリュリュは地面に手をついて、ラウールに向かって頭を下げていた。

「我がきみ……」

続けてあふれた言葉に、ラウールが少し笑ったのが耳に届いた。

◆

その日リュリュに与えられたのは、白い花衣《はなごろも》だ。

この衣装を身につけるのは、初めてではない。しかし今、リュリュが仕えているラウールの寝室に赴くにおいて、これをまとうのは初めてだ。そしてこれは、リュリュがもっとも望んでいなかったことでもあった。

部屋係の女官がリュリュに花衣を渡し、静かに部屋を出ていく。それを見送りながら、手にした衣装に目を落とす。しみひとつなく、柔らかく目の詰まった生地で作られた衣装は美しい。しかしそれを見やるリュリュは、どうしても浮いた気分にはなれなかった。

しばらく手中のものを見て、リュリュは顔をあげる。衣装を握りしめて、そのまま足早に部屋を出た。

リュリュの足は、通い慣れた回廊を歩く。かつかつと足音を立てながら、勢いよく先を行くリュリュをすれ違った者が驚く顔で見ていた。しかしそれは、リュリュの目にはほとんど入らなかった。

「陛下への、お目通りを……」

フィリベールの執務室の前、据えられた部屋に構えている文官の執務机に歩み寄る。床に膝をついて白い髭の文官を見あげると、彼は面倒な者を見るような目でリュリュを見やってきた。

「お目通り、だと？」

「はい……」

リュリュの声は震えている。それを懸命にこらえるリュリュに文官は軽蔑するような視線を隠そうともしない。

「陛下は、お忙しくていらっしゃる」

「ですが……」

王の執務室へ入る許可は、なかなか出なかった。リュリュは焦燥《しょうそう》し、もういっそ力任せに突っ切ろうかと考えた。

「リュリュ、か？」

「陛下、っ！」

思わず声をあげてしまった。白髭の文官も驚いて振り返っている。その先には黒い獣頭の男がいる。それは先日アルファとして覚醒したばかりのラウールによく似ていたけれど、しかし貫禄《かんろく》が違った。フィリベールはリュリュを見下ろし、その金色の瞳をきらめかせた。

「どうした。着替えていないのか」

「陛下、私は……」

フィリベールの足もとにひざまずき、リュリュは懇願した。どうしようもなく涙が滲んで、目の前の姿がはっきりと見えない。

「私は、このたびのお役目を……」

「なんだ」

どこか苛立った声でフィリベールはそう言って、ぎろりとリュリュを見やる。そのまなざしの強さに大きく震えたけれど、たじろいでいる場合ではない。

「お役目、から……外していただきたく……」

フィリベールは驚いた顔をした。リュリュがそのようなことを言うとは思っていなかった、まさかというようだ。

不思議はない、今までリュリュは、フィリベールの命令に逆らったことなどなかった。リュリュ自身、逆らおうと思ったこともない。かつてフィリベールの守り役だったころ、先代の王に同じことを命ぜられた。

リュリュに逆らう術などないのだ。あのときもリュリュは白い花衣を与えられた。そして初床係を務めた。ともに寝台に入ったのは、アルファとして覚醒したばかりのフィリベールだった。あのころはまだ、どこかおどおどとした気弱な少年の雰囲気が拭いきれなかった。しかし今ではこれほどの貫禄を持つ王となり、まるで険しい山のごとくリュリュの前にそびえている。

「なにを言うか」

どこか驚いたように、フィリベールは言った。そしてひざまずくリュリュを、鋭い金色の目で見つめている。

「これがおまえの務めだ。ラウールの守り役なのだから、あたりまえだろう」

「で、すが……」

フィリベールは、リュリュの心がわからないようだ。彼は今まで知らなかった表情でリュリュを見ている。困惑するような、驚くような。しかしリュリュが訴えかけるたびにその顔はみるみる怒りに染まっていき、そしてフィリベールは勢いよくリュリュの前に膝をついた。

「は、っ……！」

驚いて声をあげたリュリュの顎を、大きな手が強く摑む。痛みに思わず声をあげると、摑んできた手はますます力を込める。

「私の命令が聞けぬのか」

「あ、あっ……」

痛みに思わず呻いたけれど、フィリベールはリュリュを労る気持ちなどないようだ。大きな手に摑まれて、恐怖のあまり体を震わせてしまう。

「王命だ、リュリュ」

「……ひ、っ！」

フィリベールの声に、リュリュは小さな悲鳴をあげた。大きな手は、そのまま顎を引きあげる。くちづけられるくらいの間近で、フィリベールは低い声で言った。

「おまえがなぜここにいられるのか、考えろ」

「う、っ……」

リュリュは、どのような表情をしていたのか。フィリベールは、嘲笑うように唇の端を持ちあげる。そしてリュリュを解放して、ローブをひらめかせながら奥へと戻ってしまう。

その場にリュリュは、取り残された。啞然《あぜん》としたまま床に手をついて、フィリベールの軌跡を見つめていると、白髭の文官に煩わしいものでも見るような目で見つめられる。それにたまらなく恥ずかしくなって、よろよろとリュリュは立ちあがった。そのまま部屋から出て、自室への道を歩いた。そのほとんどは無意識のうちに終わっていて、気づけばリュリュは自室の寝台に腰を下ろして、虚空《こくう》を見あげていた。

その傍らには、与えられた花衣がある。握りしめたせいで皺《しわ》の寄った衣装を、恐る恐る手にした。それがなめらかで手触りがいいからこそ、リュリュの心はますます沈んだ。

今まで何度も、初床係を務めてきた。もう顔も忘れてしまった相手もいる。欠陥品である自分がなにかの役に立つこと、存在を肯定されること――この役目を負わされることを厭うたことはなかった。それなのに閨の相手がラウールであることが、たまらなくいやだ。

（どう、しても……）

ラウールを嫌っているわけではない。嫌うどころか、なによりも――リュリュは大きく、身を震わせた。

顔をあげて、丸い窓から外を見やる。先ほどはまだ陽が高かったけれど、そろそろ夕暮れどきだ。夜は、すぐに来る。花衣をぎゅっと胸に抱いて、太陽が沈んでしまうのを遠く、ぼんやりと見ていた。


窓の外はすっかり黒で塗り潰されている。ところどころのきらめく星が目を惹いて、それをリュリュは、ぼんやりと眺めていた。

あたりは静まり返っていて、夜の衛兵以外はもう床に入っているだろう。そんな中、起きているのはリュリュと、迎えにきた三人の女官だけだ。

「リュリュさま、どうぞ」

女官たちは手早く、それでいて丁寧にリュリュを着替えさせてくれた。髪も梳《す》き肌も手入れをし、抵抗できないまま女官に手を取られて部屋を出る。やはり回廊も薄暗く、しかし壁にかけられた燭台からの朧《おぼろ》げな光を頼りに歩くのは慣れたものだ。やがてラウールの寝室に着き、女官たちは礼を取ると衣擦れの音とともに去っていった。

部屋の奥、大きな寝台の上にラウールがいるのはわかっている。顔をあげなくても、彼がじっとリュリュを見つめているのが伝わってくる。それから逃げたくて一歩後ずさりをしたけれど、強い力で引き寄せられた。

「リュリュ、こっちに来い」

「は、い……」

ラウールはリュリュに手を伸ばしたわけではない。ここからは少し距離があるのに、まるで彼に強く手を摑まれたように感じた。

注がれるまなざしは、しっかりとリュリュをとらえている。彼から逃げたくて、それでも逃げられなくて。リュリュはよろよろと、寝台に近づいた。

「あ、っ!」

寝台の傍に立つと、目の前に長い腕が突き出された。驚く間もなくリュリュは手首を摑まれて、掛布の中に引きずり込まれる。

「ラ、ウールさ、まっ!」

気づけばリュリュは寝台の上に横たわっていて、その両耳の傍にラウールが手をついている。見あげる先にある双《ふた》つのきらめく金色の目は、まっすぐにリュリュに向けられていた。

それを目にやたらに騒ぐ胸が痛くて、逃れようと傍らを向いた。しかしラウールの手が伸びてきて、ぐいと顎を摑まれる。その行動は彼の父親に酷似していたけれど、リュリュの心には違う感情が芽生えている。ラウールに粘ついた気持ちを抱くようになってから、これほど近くに彼を見たことはない。意識して避けていた距離にラウールを見て、リュリュはひどく焦燥した。

「なぁ、リュリュ」

どこか甘い声で、ラウールはささやいた。リュリュの心臓はまた大きく鳴る。

「リュリュは、俺の初床係をいやだって言ったんだって？」

「そ、れは……」

本人を前に、その理由を言えるわけがない。リュリュは組み伏せられたまま、ラウールの視線から逃げる。しかし彼はリュリュを離さず、目線を追いかけてすぐにつかまえてしまう。

「どうしてだ？　リュリュは以前にも……父上の初床係も務めたって聞いたけど」

「そ、れは……」

それこそラウールには、聞かれたくない話だ。リュリュは唇を嚙んで、そこにラウールはくちづけてきた。

「ん、っ……あ、っ！」

その柔らかさ、そして温かさ。今までラウールの唇に触れたことがないわけではない。幼い彼がかわいらしくて、差し伸べられる手に引き寄せられて、唇をくっつけあったことは何度もある。

「……ん、んっ！」

しかしこれが、今までの遊びのくちづけと同じだとはリュリュも思っていない。それでも伝わってくる熱、逃げられない重みにとらわれて、いざなわれるままに秘めた情熱が燃えあがるのを悟られるわけにはいかない。リュリュは身動ぎしたけれどラウールの腕力に勝てるわけがなかった。

「ふ、あ……っ……」

唇を塞がれて、甘い呼吸困難に陥ってしまう。苦しささえ興奮を煽って、もっと、と願ってしまう。

そんなリュリュの心を読んでいるのか、ラウールは少しだけくちづけをほどいて呼吸の猶予を与え、そしてまたリュリュの口腔を暴いて、深い場所にまで触れてくる。

「ふ、っ……あ、ふっ……っ……！」

彼の厚い舌が、リュリュの歯の根本をくすぐった。ちゅくちゅくとなぞられて、まるでもてあそんでいるかのような動きに、しかしリュリュの体はひくひくと反応した。あふれる唾液が咽喉の奥に流れ込む。ごくりと呑み込んだそれは、まるで媚薬のようだ。

リュリュの体は、ますます熱くなっていく。自分でも抑えられない欲情が体内を駆け巡って、どうしようもないまま下肢を揺らした。そんなリュリュの反応に、ラウールがくすくすと笑う。

「どうした……リュリュ」

艶めかしいくちづけをしたまま、唸るようにラウールは言った。

「俺の初床を、導いてくれるのだろう？」

「あ、っ……」

そう言われて、リュリュはどきりとした。唇を離して、それでも焦点が合わなくなるくらいの近いところから、ラウールはリュリュを見つめてささやき続ける。

「俺の、初めての相手になってくれるんだろう？」

「ラウール、さま……」

「リュリュは、俺のものだ」

はっきりとそう言って、そのまま顔を伏せたラウールはリュリュの首筋に舌を這わせた。以前よりも獣じみてざらざらとした舌の表面が、まるで削るかのようにリュリュの感じるところを擦っている。しかし痛くはない。少しばかりぴりりとした感覚が伝わってきて、それが微妙に性感をくすぐってくる。

「あっ、あ……っ、んあ！」

「ここがいいのか、リュリュ……？」

どこか満足そうに、ラウールは呟いた。彼の呼気はどこか荒れていて、それもまたリュリュを興奮させた。

「感じているな？　ここも……ここ、も」

「ひ、んっ！」

リュリュの首を、そのまま鎖骨を、骨の形を厚い舌でなぞりながら、ラウールは笑った。

「赤ん坊みたいに、すべすべだ」

くすくすとこぼれた、ラウールの吐息が肌をすべる。それにも感じさせられながら、リュリュは彼の腕の中で体を捻った。しかし微かな動きにもラウールは反応して、すぐにリュリュはつかまってしまう。

「リュリュは、俺のものだ」

小さな声ながら、そこに秘められた意思は強い。思わずはっとしてしまう語気で、リュリュと目が合うとラウールはにやりと唇を歪めた。それはあまりにも大人びて色めいた表情で、またリュリュの胸は大きな音を立てて鼓動を打った。

「ん、あ……あ、ああっ！」

「ここも、感じるのか」

ラウールは楽しそうな、それでいてどこか不満げな声を洩らす。彼は少し視線をあげて、ちらりとリュリュを見やった。そうやってこちらを招いておいて、肌を隠す花衣に指をかける。

「や、あ……っ！」

「やっぱりきれいな肌だ……ここも、ほら」

「そ、こは……ひああっ！」

この衣装は、縫い目が緩くなっている。ラウールが力を込めれば簡単に破れるだろう。この衣装がなんのために作られたか改めて思い知り、かああっと頬が熱くなっていくのを感じた。

「花が、咲いたみたいだな」

「っん、な……こと、を……」

ラウールが奇妙に艶めいたことを言って、そして照れたように微笑む。その表情は確かに覚醒したばかりの若いアルファだと言えるけれど、しかしその奥、まだ目覚めぬ隠れた官能――それが見えるような気がして、リュリュは大きく震えた。

「ん、んっ」

「ほら、ここも……ここ、も」

はぁ、と息を吐きながらラウールが呟く。彼はリュリュの胸もとに吸いついて、鬱血《うっけつ》の痕を残している。そんなふうに扱われるのは初めてではないのに、体中がびりびりと震える。こうやって点々と肌を吸われるだけで、これほどに感じてしまう。そんな感覚に恥じらいながらも、しかしラウールの愛撫から逃れる術はない――そしてリュリュの体は、それから逃げたいと思ってはいないのだ。

「や、っ……こんな、こと」

それでも易々と抱かれてしまってはいけない、ラウールの腕の中の心地よさを知ってはいけない――容赦なく与えられる快楽から逃げようと、リュリュはまた、性懲《しょうこ》りもなく逃避を図る。

「リュリュは、俺が嫌いか？」

「え、っ……っ、う！」

顔をあげたラウールは、どこか幼げな調子でそう言った。欲情の色を宿した金色の瞳に見つめられて、その性愛を余すところなく見せつけられて、リュリュにはなにを言えただろうか。

「そ、んな……わけ、が」

震える声でそうささやいた。ラウールは微笑む。しかしふいにさみしそうな色が滲んだのは気のせいに違いない。

「そうだな、ああ」

「ラウール、さま……？」

微かに聞こえた彼の声音に、思わず目を見開く。しかしラウールはすぐにまた挑戦的な表情を浮かべた。

「ラウール、さ……っ……？」

ああ、と新たな刺激に声があがる。彼の大きな手はリュリュのまとう花衣を破って肌を露にしてしまった。鬱血の痕をつけられた鎖骨から、胸筋からみぞおちから、そのまま臍のくぼみをなぞられる。そこを指先でくるくると、もてあそぶように撫で続けられる。

「だ、め……その、先……っ」

ふいに、自分の体には人目に晒したくない箇所があることを思い出した。成人なら蓄えているはずの、恥丘を覆う茂みがないことだ。フィリベールがことさらにそこを愛でるからこそ、そこをラウールに見られることを思うだけでリュリュは羞恥に死んでしまいそうになる。

「や、めて……ラウール、さま」

「往生際《おうじょうぎわ》の悪い」

先ほどまでのためらいはなんだったのか。楽しげにラウールは目を細める。そして勢いよく衣を引き剝がして下肢までを露にした。

「や、っ……！」

「……リュリュは、このようなところまできれいなんだな」

感嘆を孕んだ声で、ラウールはそう洩らした。その声からは純粋な気持ちしか感じられず、だから恥じる必要などない——そもそも今まで、恥ずかしさなど感じたことなどなかったのに。今はたまらなくいたたまれなくて、せめてとリュリュは傍らを向く。小さく、ラウールが笑った。

「恥ずかしがらなくていい。こんなリュリュを見るのは、俺だけだ」

「え、っ……？」

思わずラウールの顔を見て、しかし彼は俯いてしまう。その赤い舌はぺろりとリュリュの下腹部を舐めて、その感覚に思わず大きくわななないた。

「ふっ……リュリュは、美味しい」

「そ、んな……こ、と、っ」

目を瞑《つむ》ってしまったリュリュには見えないけれど、ラウールが舌を這わせているそこには、こらえようもなく勃起したリュリュの欲望が頭をもたげているのだ。それを無視されていることは、かえって羞恥を誘われる。どうしてもあがってしまう喘ぎ声を抑えながら、リュリュは何度も荒い呼吸を繰り返した。

「や、あ……っ、あ、ああっ！」

その声は広い寝室に広がって、その反響は奇妙に甘く耳につく。それへの嫌悪、さらにはリュリュの肌を舐めるラウールが、乱れた呼気を吐いていること——それがさらにリュリュを興奮させる。直接欲を刺激されないこと、それでいてラウールがリュリュの体に溺れていることが、どうしようもなく熱を煽る。

「っあ……ああっ！」

「なにもしていないのに、こんなに熱くなるんだな？」

物珍しいとでも言うかのようにラウールが呟いて、その声音にも新たな恥ずかしさが体を走った。そうやって燃料をくべられたリュリュの淫欲は、今までに経験したことがないくらいに大きく膨らんでいく。体内を流れる血液は、やはり感じたことのないくらいに沸々《ふつふつ》と熱く、それを治めるためにはこの身にラウールの精を受け、満たしてもらわないといけない——そうでなくては逃れられないのだ。

「あ……あ、あ……っ」

そのことを考えただけで、リュリュの体はまたさらに熱を帯びた。ぞく、ぞくと震える感覚が下半身を貫く。そうやって反応するリュリュを、ラウールはどのように感じているのか。体を組み敷いて、その肌に舌を這わせ、あがる悲鳴を耳に微笑む彼は、こうやって乱れるリュリュをどう思っているのか――。

「や、あ……あ……！」

そう考えると、せりあがってきたのはたまらない羞恥だった。思わず体を強く振ると微かに水音が立った。

「あ……？」

それを耳にして、反応したのはリュリュだけではなかった。ラウールがその金色の目を、大きく見開く。そこには今まで宿っていた淫欲だけではなく、それ以上の感情が大きく揺れている。リュリュは胸が鳴るのに気がついた。

「リュリュ？」

「や……ち、がう……！」

懸命にそう叫んで、体を起こそうとした。しかしラウールの逞しい腕はリュリュを自由にせずに、かえって身動きを封じられてしまう。

「そうか……リュリュは、オメガか」

「……っ！」

ラウールの言葉に、反射的に目を見開いた。未だに体を包み込む淫欲は強く、それでいて頭の隅に、妙にクリアになった部分がある。そこに湧きあがるのは凄まじい羞恥で、確かに自分がオメガであるということを実感してどうしようもなくなった。

「だから、こうやって……ほら」

「あ、うっ！」

そうささやいて、ラウールは下肢に手を伸ばしてくる。指先はリュリュの両脚の間にすべり込み、その奥にくちゅりと触れた。

「だから、こうやって……濡れるんだな」

「そ、れ……は……あ、っ！」

リュリュの秘奥は、執拗な愛撫に淫液を垂らしている。それに気づかれたことも羞恥を煽るけれど、目の前のラウールの表情もまた、リュリュをここからの逃避に誘う。

「リュリュが感じているのは……オメガだからか？　それとも、俺と……俺に、こうされているからか？」

「ラ、ウール、さま……」

掠れた声を洩らすリュリュをじっと見つめて、ラウールは呻く。彼はじっとこちらを見つめてきて、そのまなざしの色にますます胸の奥をかき乱された。

「俺に、感じているのか……リュリュ？」

「あ、あ……っ……」

どこか助けを求めているかのごとく、ラウールはささやく。その悲痛な色も視線もなにもかも、リュリュの心を摑んで離さない。この体はすべて、それ以上のなにもかも、ラウールが望むならと思ってしまう。

「俺のことが、好きなのか……？」

苦しそうにそう告げられて、思わずリュリュは大きく目を見開いた。是《ぜ》とも非《ひ》とも言いかねて
——ごくりと唾を呑み込んだリュリュを、なおもラウールはじっと見つめている。

「それとも、俺が……俺が、これほどにリュリュのことを……？」

「あ、ああっ！」

ラウールの指が、リュリュのしたたる秘孔をなぞる。そのままぐいと突き挿れられて、リュリュの体は大きく跳ねた。

「この、中……濡れていて、柔らかい……」

どこか切羽詰《せっぱつ》まった声で、ラウールは呟く。指は二本に増え、中をぐるりと抉られた。それはリュリュの体を知り抜いているかのごとく自在に動く。その動きに煽られて、また与えられる快楽に溺れてしまう。

「ふ、あ……あ、ああっ……」

「感じるところがあるのだろう？　ここ……ここ、か……？」

まるでリュリュの体の中を探ろうとでもいうように、こうやって覚えようとでもいうように。ラウールの指はそろそろと、それでいながら大胆に、リュリュの体の深いところを抉っていく。

「なぁ、リュリュ？　教えてくれ……どこが、いいんだ？」

「そこ……あ、ああっ！」

言われるがままに腰を揺らして、うごめく指をそこに誘う。隘路《あいろ》の中ほど、リュリュがたまらなく狂ってしまう箇所——そこにゆるりと触れられて、その瞬間目の前が、真っ白に弾けた。

「……ひ、う……っ！」

びくん、と大きく体が跳ねる。寝台が軋みをあげて、それが遠くから聞こえてくる。リュリュには慣れた、何度も経験した状況であるはずなのに、まるで初めての、未知の快楽を味わわされたかのように震えている。

「っ……う、う……ん、っ……」

「リュリュ、リュリュ……？」

どこか不安げに、ラウールがささやく。目の前は白い靄《もや》に包まれたまま、やみくもに手を伸ばす。むやみに宙を掻く手が強く掴まれる。

「は、や……早、く……」

「な、に……を……リュリュ……？」

戸惑ったような声が、苛立たしい。無性に腹立たしくなって、リュリュは手を握り返した。力を込めて引いて、そしてラウールの体の上に乗りあげる。

「リ……リュリュ、っ……？」

「ふあ、あ……っ……！」

全身が、痛いほどにわなないた。肢体が求めるがままに勃ちあがったラウールの欲望に触れて、それを濡れそぼった己の秘所に押し当てる。そのまま性急に体重をかけた。

「あ……あ、ああっ……」

「っ、う……！」

目を開くと、そこにはどこか苦しげなラウールの顔があった。眉を歪めて、そんな表情は見たことがなかったけれど、それだけで息がうわずってしまうくらいに艶めかしい表情だ。

「うあ、あ……あん、っ……！」

ラウールの淫芯は、リュリュの蜜壁をごりごりと擦る。その感覚は今までリュリュの知らなかった、新しい快楽を連れてきた。

「や、あ……かた、い……、熱い……」

「……リュ、リュ……っ」

咽喉が震えて、声がうまく出ない。しかし今は、そのようなことはどうでもいい——挿《はい》った陰茎を内壁で味わいながら、胸の奥からの声をあげる。

「ふあ……ん、んっ……も、っと……奥、に……」

「お、く……？」

戸惑ったラウールの声は、今までに聞いたことのない色をしていた。それがますます、リュリュを煽り立てる。ぐっと腰を下ろすと、中の欲望が最奥《さいおう》を突いた。

「う……く、っ……」

「リュリュ……！」

ラウールの呻きと、それに重なるようにリュリュの体の中心を肌が粟立《あわだ》つような快感が貫いていく。それにぞくぞくと背を震わせながら、またリュリュは腰をあげた。

「は、あ……っ……、も、っと……ラウール、さま……」

「どこが、もっと感じるんだ？」

耳もとでそうささやかれて、またリュリュの肌はざわめく。その感覚は肌から沁み込んで全身を犯し、まるで逆撫でされるように感じられて、リュリュは何度も身震いする。

「なぁ、リュリュ……ここ、か？」

「あ、あ……ああ、あっ！」

どこか焦燥した口調ながら、ラウールはゆるゆると手を伸ばしてくる。大きな手はリュリュの腰を摑み、ぐっと力を込めてそのままリュリュの体を引き下ろした。

「な、っ、や……や、あ……！」

「リュリュの中、とても……熱いな」

はっ、とラウールは大きく息を吐いた。それはリュリュの唇を濡らし、そのままふたりは柔らかい皮膚を重ね合わせた。

「あ、っ……あ、ああっ、あ！」

「う……く、っ……ここっ……」

くちづけあったまま、ふたりは体を擦り合わせる。伝わる快楽は肌にも体内にも伝わって、それに煽られるように、ラウールは何度も腰を突きあげる。

「リュ、リュ……こ、こ……？」

「ああ、っ、そこ……」

深く息をつきながらラウールはリュリュを抱きしめて、そして突き込んだ淫欲を何度も濡れた内壁で擦って、リュリュも自分をも刺激しながら、徐々にまともな意識を奪っていく。

「そ、こ……や、あ……お、く、奥、っあ！」

いつの間にかリュリュは、ラウールの体にしがみついていた。生まれたときからリュリュが面倒を見てきたこの子供は、大きくなった。そんな彼はリュリュを抱きしめて、荒々しい吐息を洩らしている。その姿にさらなる情欲をかきたてられ、なによりも——。

「あ、あ……う、っ……！」

ずくん、と体の奥を激しく突く勢いに、リュリュの声は裏返った。

「あ、ああ、あ……っあ、だ、め……だめ！」

「な、にを……リユリユ」

掠れた声で、ラウールが呻く。

「な、か……こんなに、熱くて……絡みつ、いて……きて」

その喘ぎは、まるで子供のころの彼のものなのに。それでいて腕や手の力も強くて、苦しいほどに抱きしめられて、ますます高まっていく興奮を抑えられない。

「はぁ、ああっ！　あ、もっと、かたく……、お、おきく……！」

「だ、めだ……リユリユ、っ」

低く艶めかしく、ラウールが呻いた。

「お、れ……っ、もう……」

ふるっ、と大きくラウールが体を震わせる。そんな彼を抱きしめて、リユリユはわななく指先でその頰に触れた。

「出して、ください……ラウール、さま」

掠れた声で、リユリユは言った。

「わた、しの……おく、に。中に……ラウールさま、の……」

リユリユ、とラウールは小さな声でささやいた。そっと目を開くと、彼の金色の瞳は今まで見たことのない濡れた輝きに満たされていて、その淫らな色に何度目になるかわからない、ぞくぞくとした感覚が腰の奥から脳天までを貫いた。

「……あ、も……う、だめ……」

「リュリュ……で、る……！」

甘く淫らな、それでいて彼がまだアルファに変じたばかりの子供であるのだということを思い起こさせる口調で、ラウールは呻いた。そんな彼の艶めかしい声音にリュリュの身の奥、ひくつく太さを咥え込んだ襞《ひだ》が小刻みに反応する。リュリュを抱きしめる彼は、また低く喘いだ。

「だぁ、め……お、く……もう、も、ああっ……！」

　どくり、と呑み込んだ欲芯が大きく震える。それはひとまわり、リュリュの中で大きくなった。濡れそぼち、なおも刺激を求めて小刻みに震えている蜜壁は抽送《ちゅうそう》を繰り返す欲望を食い締めて、わななくラウールのそれは大きく震えた。

「あ、ああ……！」

　寝室に響いた嬌声は、ラウールのものかそれともリュリュのものだったのか。何度も凄まじい衝撃が走って、なにも見えずなにも聞こえず、谷の底に突き落とされたような感覚の中、リュリュは何度も全身を痙攣《けいれん》させた。

「ん、あ……あ、ああっ……」

　まるで海の底に沈んだかのような、静かな時間が続いた。ふいにそこから引き揚げられると体の奥が熱いもので満たされて、なおもリュリュの内壁を刺激する熱杭がどくどくと脈打っているのが感じられる。

「あ……あ、ああっ！」

それから逃れようと腰を捻ると、全身を甘い痺れが貫いた。思わず声が洩れてしまい、すると唇を濡れたもので塞がれた。そのまま何度も吸いあげられて、それがまた心地よくて声にならない声をあげる。

「リュリュ……」

そう呟かれて、それがラウールだったと気がついた。うっすらと目を開き、間近に光る黒い星を見やる。美しく輝くそれは、どこか淫らなきらめきを宿していた。それにどきりと胸の奥が揺れて、そんなリュリュの反応に気がついたらしいラウールがゆるりと微笑む。

「大丈夫、か……？」

「は、い……」

小さな声で返事をすると、ラウールが嬉しげに笑った。その表情は彼が小さかったころを思い出させて、胸には昔の温かい思い出が広がる。

「ふふ、かわいいな……リュリュ」

「か、わいい、など……おやめ、ください……」

「でも、本当にかわいいし」

ラウールは秘密を告白するようにそう言って、目を細める。その表情はやはり幼い日の彼のままで、リュリュはつられて笑ってしまった。

「ほら……やっぱり、かわいい」

「……おやめください」

ラウールの大きな手が伸びてきて、そっと髪を撫でられた。心地よくて柔らかいその感覚は、同時に未だくすぶる官能をくすぐって、リュリュは大きく身震いをした。

「ふふ」

そんなリュリュの反応を、しっかりと見ていたらしい。ラウールはまた笑って、さらに腕を伸ばしてくる。いつの間に、それほど逞しい筋肉を蓄えるようになったのだろうか。それはリュリュの肩を包んで、その温かさは心を慰め、力強さは新たに胸を高鳴らせた。

「俺は本当に、アルファだったんだな」

「しかもドミナンスアルファでいらっしゃいます」

そう言ったリュリュの声音は誇らしく響いて、思わず口を噤んだ。

「そうか、ドミナンスアルファか」

改めて嚙みしめるように、ラウールは呟く。その顔をそっと見やると、彼は微かに笑っている。

「父上と同じだな。ならば俺が、次の王かもしれない」

ラウールの声は、弾んでいる。それにリュリュは、思わず首を傾げる。

「そのようなことに重きを置かれるとは思いませんでしたが」

意外な思いでそう言うと、どこか恥ずかしそうにラウールは肩をすくめた。

「……別に、王になることそのものが目的じゃない」

「では、なにが？」

リュリュの問いに、ラウールは口ごもって視線を逸らせてしまう。いつも朗《ほが》らかにはっきりとものを言う彼らしくもない。不思議に思ったけれど、急かすのはよくないだろう。リュリュは待った。

「そ、れは……」

ややあってラウールは、口を開く。まだ官能の色の残ったふたつの金色の瞳は恥ずかしげに、それでいてリュリュをどきりとさせるまなざしを送ってくる。

「俺は、アルファだから。ましてドミナンスアルファなら、オメガを娶《めと》って新たなアルファを、ドミナンスアルファを産ませる義務があると思うんだ」

「そう、ですね……」

リュリュの声音は、自分でもわかるくらいに掠れてしまった。理由はわかっていながらそれをラウールに知られたくない。リュリュは固唾を呑んで平静を装おうとした。

そんなリュリュに気がついているのかいないのか。ラウールは微笑んで言った。

「だから俺は、リュリュを娶る」

「……め、とる？」

なにが聞こえたのかわからなかった。思わず間の抜けた声をあげてしまう。そんなリュリュをラウールはいたずらっぽい表情で見ていた。

「な、にを……」

「俺は、リュリュを娶る。俺の王妃にするんだ。言っただろう？」

「……おう、ひ……」

「そう。俺は王になるから。王の伴侶は、王妃だろう？」

それがもう決まったことであるかのように、堂々とした声でラウールは言う。初めて聞くのではないその言葉は、リュリュの脳裏に奇妙に響いた。まるで頭の中に石でも入り込んで、中を何度も音を立てながら転がりまわっているような――信じられない、そしてなんとおぞましい。

「どうしたんだ？」

そんなリュリュの心になど思い及んでいないのであろう、気づくこともないのであろうラウールは言葉にしたことで満足したのか、大きく息を吐く。そして今までになく大きく目を見開いた。

「え、っ……リュリュ？」

彼の口調は、にわかに変化した。ラウールがなにを見たのかはわかっている。しかし今のリュリュは彼を言いくるめるだけの話術を持たず、嘘をつくこともできなかった。

「あ、っ……」

「どうしたんだ？　どうして……リュリュ!?」

気づけばリュリュはラウールの腕を振りほどいて、寝台から飛び降りていた。裸足が石床を踏んで、冷たい。それどころではないはずなのに、その感覚をはっきりと受け止めることのできる自分がおかしいと思った。

「リュリュ！」

ラウールの怒声は、どこか戸惑いながらリュリュを追いかけた。常なら足を止めていただろう。しかし今のリュリュの胸はラウールへの愛おしさよりも、恐怖でいっぱいだった。

「は、あ、は……っ、っ……」

夜中の廊下を駆けて、駆けて、やっと自室に辿り着いた。乱暴に扉を開けて、冷たい寝台に倒れ込む。洗濯されて清潔なはずの掛布は、しかしまるで石のようにリュリュを冷たくあしらった。

（どうして……どうして、ラウールさまは……あ、んな……？）

ラウールは純粋にリュリュを求めただけだ。あれは彼の、掛け値なしの本音だ。それを確信できるくらい、リュリュはラウールをよく知っていた。あのような嘘がつける子ではないのだ。

だからこそリュリュはラウールに、単なる愛情のみならず性愛までをも抱いていた。純粋な愛にとどまらない自分が恥ずかしい浅ましい忌まわしい――なぜならリュリュは、オメガだから。

オメガは数が少なくて、だから比較はできないのだけれど、しかし性欲が強いのは共通しているらしい――それは一にも二にも、子胤《こだね》を受け入れるためだ。アルファの子胤を呑み込んで孕むためだ。そしてより優れたアルファの子を産むためにオメガは存在している。

しかも妊娠しないなどオメガとして欠陥品なのに、おこがましくも性欲ばかり持てあますなんてあまりにも情けない。そんな自分がおぞましくて、そうやって自分を罵りながらもやはりラウールを想う心はどうしようもなく、絶えず胸の奥で揺れているのだ。

(このようなことは、許されないのに)

しかもこのラウールへの想いは、純粋な愛なのか性欲ゆえなのか、リュリュには判断できない。しかしどうであれリュリュはラウールを愛していたし、そんな養い子にあのような形で求められて嬉しくないはずがない――でも、それでも、しかし。リュリュはまた敷布を握った。きりきりと指を食い込ませる。

(だめだ……あんな、ことは……だめなんだ)

ラウールの声が、耳の奥で何度も繰り返される。その声は、否定しているはずのリュリュを悦ばせる。そんな己を責めながらも自分の心からは逃げられないのだ。

(ラウールさまのお側にいるのは、ちゃんと子供を産める……まともなオメガでなくてはいけないんだ)

そしてリュリュは『まともなオメガ』ではないのだ。今までそのことを知らなかったわけではないし、それを批判されることを受け入れてきた。

しかしこのたびほど悲しく苦しく、そして悔しいと思ったことはなかったのだ。このような感情は初めてで、嘆きながらもリュリュは驚いていた。

(私が、ラウールさまの子を産めるのなら。子を産める、まともなオメガなら……)

ぶるり、と大きく身を震わせる。いつもは優しくリュリュを包んでくれる掛布は石でできたかのように冷たいまま、まるで責めるかのようだ。それにますます陰鬱な気分になる。

このような感情に苛まれるなど、今までに考えたこともなかった。自分ができそこないであることは知っていたけれど、それに傷つかなかったわけではないけれど、これほどの衝撃を実感したのは初めてだった。

(私は、私は……！)

寝台に突っ伏したまま、指先が白くなるくらいにぎゅっと力を込めて敷布を握った。きりきりと痛みが伝わってくるけれど、その程度の痛みは今のリュリュにはなんということもない。

「……ラウールさま……」

唇は無意識のうちに愛おしい名前の形に動いていて、しかしリュリュはこうやって彼を呼ぶことは許されないのだ。愛なんて抱いてはいけない――わかっているはずなのに、どうしても心を抑えられない。

(私が、まともなオメガなら……)

そのようなことを考えてもせんない。それでもリュリュは、今までの長い人生で思ったこともないことを繰り返し考えた。それは初めての経験であるからこそ苦しく辛く、しかしこれがリュリュの背負った現実なのだ。

(私は、ここにいてはいけない)

今さら、と脳裏に住むもうひとりのリュリュが嗤《わら》った。なにを言うのか、そんなことはとうの昔からわかっていたはず。それに今さらこのように傷つくなんて、笑い話にもならないのに。

（ラウールさまのお側にいてはいけないんだ。私はもう、王宮にいてはいけない……）

しかしリュリュには、ここ以外に生きていける場所がない。もしそのような場所があるのなら、とっくに逃げ出していたのだ。それでも叶わず、なおも生き恥を晒しながらここにいる。

（どうして……どう、して……！）

呻きながら寝台の上を転がって、するとぴりりと腰のあたりが微かに痛んだ。なにごとかと視線をやると、そこにはびっしりと魚のような蛇のような鱗が浮かんでいた。

「ひ、っ……！」

薄暗がりで見るとますます不気味に感じられる。そのようなものが自分の体にあるなんておぞましい以外の感想が出てこない。リュリュの肌は小刻みに震え始めて、するとますます恐ろしさが増す。

（こ、んな……こんな、もの……）

わななく指で鱗に触れた。爪の先で触れ、そのごつごつとした感覚に胸中がかき乱される。迫りあがってくる恐怖とおぞましさに震えながら擦り、ひっかき、すると鋭い痛みとともにますます恐怖が湧きあがる。醜悪《しゅうあく》さに吐き気を催した。

「痛っ！」

いつの間にかリュリュは鱗に爪を立てていて、剝がれかけた一枚から血が滲んでいる。それがやたらに痛んで、同時に倦厭《けんえん》の心が酷く疼いて、リュリュは寝台に身を投げ出した。

「もう、い、やだ……いや、だ！」

そのままリュリュは、寝台に突っ伏していた。一睡もできずに、明るい朝がきた。


リュリュがどんな心持ちだろうと、新しい日はくる。寝台から起きあがって、足取りも怪しくよろよろと床に下りていつも通りの身支度を始める。

なにも考えなくても体は独りでに動く。慣れた一連の作業の中、リュリュは思わず声をあげた。

「う、くっ！」

反射的に床に座り込んでしまう。下半身の奥に重い痛みが走ったのだ。これも慣れているとはいえ、辛いものは辛い。そしてその理由を思うと、心がずしりと沈んだ。

しかしその痛苦に身を操られている場合ではない。どうにか体を起こすと、また支度を続ける。

部屋を出て回廊を歩いて、ラウールの部屋の前に立った。

「……う、っ……」

ためらったけれど前に進まないわけにはいかない。先延ばしにしても結局はリュリュの務めなのだ。結局、自分が辛いだけだ。

「おはよう、ございます……」

か細い声でそう言いながら、リュリュは扉を開いた。ここは昨日時間を過ごしたラウールの寝室ではないので、その点は少しばかりリュリュを安堵させてくれた。

「ああ、リュリュ」

大きな窓の前に立っていたラウールは、振り返ってそう言った。その表情はいつもの見慣れたもので、着つけをしている女官たちもやはり変わりなく働いている。いつもの朝の、いつもの光景だ。

「朝餉は、こちらにお持ちするとのことです」

「そう、今朝はなにかな」

尋ねるラウールは、どこか子供っぽい顔をしている。そんな彼を目に微笑ましいと思うけれど、今のリュリュはそんな気持ちを素直に受け止められない。

「今朝のメニューは、ドクラにアルゴビ・サブジと聞いております」

「楽しみだな」

憎らしいほどラウールはいつもの調子で、楽しそうにそう言った。リュリュは勇気を振り絞って彼の瞳を見たけれど、やはり平静な色で見返されただけだった。

いつも通りの朝、いつも通りの日常。しかしどうしたって、リュリュは冷静ではいられない。

食事が運ばれてきて、いい香りがリュリュの鼻腔を刺激したけれど、それでも食欲は湧かなかった。

「なぁ、リュリュ」

成長してますます健啖《けんたん》ぶりに磨きがかかったラウールは、見ているだけで気持ちいい食べっぷりを惜しみなく晒す。昨夜の記憶ゆえになかなかいつも通りの気分になれなかったリュリュだけれど、少しずつ気分が上向いてきた。

「いかがされました、ラウールさま」

「俺はリュリュを、伴侶にするから」

なんでもないことのようにラウールは言って、リュリュは持っていたグラスを取り落とした。石の床に落ちたそれは、凄まじい音を立てて粉々になった。

「大丈夫か!?」

「あ、の……いえ、大丈夫……だい、じょうぶ……です!」

まるで操り人形のようなぎこちない動きで、リュリュは無駄な動きを繰り返す。そうやっておろおろしている間に、女官たちが魔法でも使ったかのように硝子の破片を片づけて、部屋はまた静かになった。

「俺は王になって、リュリュを王妃にする」

「……ラウール、さま……」

割れた硝子が作ってくれたのは、ほんのわずかな時間でしかなかった。ラウールはなおも、無謀な考えを変えない。それどころかますます意固地になって、リュリュを求めるのだ。

「リュリュは俺が、自分の言ったことも守れないと思っているのか？」

「そ、れは……」

思わずリュリュは口ごもって、同時に目の前のラウールが怒りをまとう気配を感じた。思わず顔をあげて、はっと息を呑む。

「あ、っ！」

「どこへ行くつもりだ、リュリュ」

鋭い声でラウールは言って、その響きにまたリュリュは身を震わせた。そんなリュリュに怒りを隠せないとでもいうような、それでいてどこかリュリュにすがり追いかける、小さな子供だったころの彼に戻ったかのようだ。

「俺がリュリュを諦めるとでも思っているのか？」

「ラウール、さま……」

「リュリュは、俺から離れられるとでも思っているのか？」

「……う、あ……！」

（だめだ、だめだ……！）

すれ違う者が奇異な目で見てくる。そのようなものを気にしている余裕はないのに、注がれる視線はまるでリュリュを責めているかのようだ。そのようなはずはないのに。誰もリュリュの胸のうちを知るよしなどないのにどうしようもない罪悪感に駆られている。

(これ以上ラウールさまに、おかしなことを考えさせてはならない……!)

ラウールがあのようなことを言うのは、リュリュの罪だ。次代の王と目されているアルファを、ドミナンスアルファを、あのように狂わせていいはずがない。それは怠惰ではなく、すでに犯罪だ。

(私はラウールさまにとっての、害悪だ)

そのことはよく知っていたはずなのに、改めて自覚するとひどく眩暈がしてきた。しかし足を止めるわけにはいかない。リュリュは走って、走って、気づけば目の前は王の執務室だ。

(私は、またここに……)

頼る者はフィリベールしかいないのか。そんな自分の思考の狭さにうんざりしながら、リュリュは足を止めた。息があがっていて、肩が何度も大きく揺れた。通りがかる者がこちらを訝しそうに見やってくるけれど、今のリュリュはそれを気にしているどころではなかった。

「フィリベールさま……!」

そう呼んでも、返事はない。リュリュはすとんと扉の前に膝をつき、そのまま祈る思いで身を震わせた。

(もうラウールさまのお側にはいたくない)

唇を震わせながら、リュリュは執務室の扉を見つめた。こうやってフィリベールに訴えるしかない、権力にすがるしか方法がない、そんな自分の身のうえを情けなく悲しく思った。

しかしこれしか方法がないのだ。願いを叶えたければフィリベールに頼るしかない、リュリュ自身にはなんの力もない。今までこうしてまで叶えたい願いなどなかったから――すべてはラウールがゆえなのだ。

(私を、ラウールさまから遠ざけて……ラウールさまのお側でなければ、どこでもいい。お願いです、私を……今のお役目から外してください)

胸の中で何度も繰り返した。このように考えることも今までにはなかったのに。自分がこのような心を持っているということに驚いてさえいた。

「リュリュ、なにをしている」

「……フィリベールさま！」

思わず声がうわずってしまう。リュリュは上目遣いにフィリベールを見た。冷ややかなまなざしが注がれる。それにリュリュは、思わず大きく震えてしまう。フィリベールに見つめられることなど、今まで数え切れないほどあったのに。

「どうした。そのような顔をして」

「あ、の……」

しかし軽蔑するようなまなざしに怯えている場合ではない。リュリュは全身の力を振り絞って、声をあげた。

「フィリベールさま、私は……！」

訴えたいことがうまく言葉にならないリュリュは、もどかしい思いで口をぱくぱくさせるばかりだ。そんな彼をフィリベールは煩わしいというような表情で見ている。その圧力にリュリュはさらに怯えた。

「わた、しは……ラウールさまのおそばを、離れたいのです……」

「ふん」

精いっぱい感情を表に出さないように訴えるリュリュを、フィリベールはばかにしたように見る。そのまなざしに耐えながら、リュリュはなおも言葉を継いだ。

「これ以上、ラウールさまのおそばにはいられません」

「私になにを、命ずるつもりだ」

吐き捨てるように言ったフィリベールの言葉に、リュリュはどきりとする。

「なにを勘違いしている。王子の守り役程度の者が、驕《おご》るな」

「……！」

リュリュは驚いた。同時に驚いている自分に、驚いた。そうだ、驚くようなことではない。フィリベールの反応はいつも通りの、見慣れた彼の態度でしかない。

そんなフィリベールを前に、リュリュはひどく傷ついた。自分が調子に乗っていること、自惚《うぬぼ》れていることを思い知らされるのはこれほどの衝撃だったのか。このように心の痛みを感じるほどにリュリュは己の立場を勘違いして、国王たるフィリベールに直訴できるのは自分の存在ゆえであると能天気にも思い込んでいたのだ。

「勘違い、など……」

「王たる私に、直接訴えられる身だと思っているのか。たかだかオメガが、ずいぶんと差し出がましいことだ」

「……！」

驕って狎《な》れて、つけあがっている。身の程知らずだ。そんな自分が、いっそこの場で死んでしまいたいくらいに恥ずかしくなった。そんなリュリュを見るフィリベールの顔は、どこまでも冷徹だ。彼を前に、リュリュはますますたじろいでしまう。

「退け」

そんなリュリュを、フィリベールは煩わしいという心を隠しもせずに一蹴した。そのまま彼は忙しそうに去っていってしまう。王の側近たちは唖然と立ち尽くすリュリュを穢れたものでも見るかのように、無遠慮な視線を向けてきた。あたりはやがて静かになって、リュリュはひとりでその場に立ち尽くした。

(知らなかったはずはないのに、どうして私はこんなに……)

自分の厚顔があまりにも情けなくて恥ずかしくて、だからこそもうここにいてはいけないのだ、自分の驕りがラウールを勘違いさせ、あのようなことを口走るに至らせたのだと思った。それでもリュリュはまだ、期待していた。だから愚かだというのだ――そんなリュリュを、フィリベールが目覚めさせてくれた。やはり彼は王だった。驕慢で横暴で、傲然《ごうぜん》と大風を吹かせる――それはなによりも、彼が王であるからだ。フィリベールは王そのものなのだ。

そのような相手と自分が同等だなどと、直訴を受け入れられるだろうと考えていた自分が恥ずかしい。リュリュはこの王宮においてまったく意味のない、存在に理由などない、ただの寄生虫だったのだ。

「あ……あ、っ……」

耐えきれない気持ちが、リュリュを突き動かした。そのときの自分の行動を、冷静な自分が見れば笑うだろう。止めるだろう。死ぬつもりか、ばかなことをするなと叱咤するだろう。しかしどう言われようと、この瞬間のリュリュにはほかに取るべき道が思いつかなかった。

気づけばリュリュは、暗い空の下に立っていた。まわりを見まわしても、誰もいない。今までリュリュを守っていてくれた、王宮の屋根もない。

それはたまらなく不安だったけれど、しかし今さら戻ることもできないのだ。諦めるしかない――そう自分に言い聞かせて、リュリュはそっと足を踏み出した。

足は震えていて、うまく歩けるだろうか――そもそもリュリュは王宮の外の記憶がない。エルミート村の出身だということになっているけれど生まれも育ちも覚えていないリュリュだから、ともすれば王宮の外どころか辺境での生まれだったりするかもしれない。人間ですらない、おぞましい生きものであるかもしれないのだ。

(……あ、そう、だ)

反射的にリュリュは腰に手を這わせた。衣服越しでは感じられないけれど、ときおり腰のあたりに浮かぶ、鱗のようなものを思い出した。そうだ、リュリュはまともな人間ですらない――。

(なら、なおさら私は王宮にいてはいけない)

今まで何度も繰り返した、しかしどうしても踏み切ることのできなかった覚悟に身を委ねて、リュリュは歩き始めた。

この先は闇、しかしリュリュにとっては初めて自分で決断した道への第一歩だった。

たちまち陽は暮れて、あたりは真っ暗になった。今まで夜になればいつの間にか灯りがともされていたので、夜はこれほどに暗いのだということに驚いた。

文字通りの漆黒の闇だ。足もとどころか自分の手も見えない。歩いているところは不安定で、ときどき穴につまずいて転びそうになる。

(こんな、ところが……王宮の近くに)

どうにかリュリュが歩けているのだから、それほど離れてはいないはずなのだ。それなのにこの暗さはどうだ、この足もとの悪さはどうだ。まるで別世界に迷い込んだかのような感覚に、リユリユは震えた。

しかし恐怖している場合ではない。もう王宮には戻れない、戻る勇気もない。そんなリュリュが取ることを許されている道はただひとつ、前に進むことだ。この先になにがあるのかなどまったくわからない中リュリュは足を動かし続けた。

（今まで、このように……）

ぶるり、とリュリュは身震いした。

（私がひとりで、歩いているなんて。誰もいないのに、ひとりで……歩けるんだ）

そんな自分に驚きながらも、同時にそれがなにやら楽しいことに感じられた。そのような場合ではないのに、リュリュはうきうきしている自分に気がついた。不謹慎だと思いながらも弾む心を抑えきれず、足取りは今にも踊り出しそうだ。

「う、わっ！」

しかし森は、リュリュが簡単に克服できるような場所ではなかった。地面の隆起につま先が引っかかって、派手に転倒してしまった。

「う、う……っ……」

あまりにも勢いよく転んだので、激しく胸を打った。息ができなくてリュリュは悶絶《もんぜつ》し、しばらくそのまま地面に伏せていた。まるで湿った地面に吸い込まれていくような感覚に襲われたけれど、それがなんなのか考えるだけの余裕はなかった。

（喜んでなんていられない）

今までに経験したことのない驚き、痛み、苦しさ、そして不安。夜露に濡れた地面に伏せたまま、だんだん冷えていく体を持て余しながら、リュリュはぎゅっと奥歯を噛みしめた。

夜の森は暗くて寒くて足もとが悪くて、リュリュにはまったく馴染みのないところだ。この先どうなるのか、自分の行方どころか命の保証さえないけれど、それでも王宮に戻ろうとは思わないのだ。あそこにリュリュの居場所はない。王宮はリュリュのいるべきところではない――もとより居場所などではなかったのだ。

それを知ったのが何年何十年、覚えていないくらいの時間を王宮で過ごしたあとだったなんて。己の鈍感さにいっそ笑いたくなるくらいだけれど、それを教えてくれたのはラウール――否、ラウールへの想いだと言うほうが正しいだろうか。それをラウールがどう思うかはわからない、それでも少しくらいはリュリュの心の動きに関心を向けてくれていると嬉しい。

この先は、ますます暗くなっていくようだ。これ以上暗くて不案内なところなど想像もできない。しかしリュリュは前に進むしかなかった。何度も転んで、衣装などもうぼろぼろになっているだろう。自分の惨《みじ》めな姿が暗くて見えないのは幸いだったかもしれない。

Episode.6【ふるさと】

どれほど長く暗い夜も、いつかは明ける。

リュリュにそう教えてくれたのは誰だっただろうか。何度もまばたきを繰り返しながら、リュリュは陽の照る空を見あげた。頭上には見慣れた色が広がっているけれど、それはやたらに眩《まぶ》しく感じられた。確かに明るい朝だけれど、これほど眩しいのはどういうことだろうか。

「……あ、う……あっ⁉」

不思議に思っていたリュリュの視界の向こうに、なにか動くものがある。反射的に駆け寄って、それがいくつもの人影であることに気がついた。

「あ、の……」

恐る恐る声をかけると、人影は振り返った。驚くほど勢いよく、またはゆっくりと、または好奇心を隠さずといったそれぞれの反応を見せる。

「おや……」

「ずいぶん、ぼろぼろですね」

「どうなさいました⁉」

慌てたようにリュリュに駆け寄ってきたのは、赤い髪の少年だった。見知らぬ少年だけれどなぜか初めて会った気がしない。奇妙な感覚にリュリュは思わず胸に手を置く。

「こんなに濡れて。森を抜けてきたんですか？」

「え、ええ……」

「夜露は体に悪いのに。村に来てください、ジョフロワさま、いいでしょう？」

「もちろんです」

最初にリュリュに視線を向けた少し年嵩《としかさ》の男性が、鷹揚《おうよう》に頷《うなず》いた。さらりと艶やかな黒髪が揺れる。髪の作る流れを思わずじっと目で追ってしまった。

「さぁ、こちらにどうぞ」

「あ、はい……」

赤い髪の少年が手を差し伸べてくる。白い手にぐいとつかまれて、その積極性にややためらったリュリュがあとのふたりを見やると、彼らは楽しそうに微笑んでいる。

「あの、私、は」

リュリュの戸惑いに頓着《とんちゃく》する者はいなかった。あれよあれよとリュリュは森の奥、さらに奥まで連れていかれる。戸惑うリュリュを、少年はさらに導いた。

「さぁ、こちらへ」

「……どこ、へ？」

まるであたりまえであるかのように彼はリュリュの手を取ると、すべるように地面を歩いていく。その姿はまるで妖精のように儚《はかな》げなのに手を摑む力は強い。柔らかな見かけに隠れた蛇のよ

うな力にリュリュは目を白黒させた。

「あ、の……待って……」

「こちらですよ」

有無を言わせずに手を引っ張られてリュリュはさらに深い森の中に足を踏み入れ、同時に鼻腔を刺激するほのかな香りにぞくぞくと背筋を刺激されることに気がついた。

「な、に……これ」

「気づきましたか」

自身も意識していなかったリュリュの反応に、手を引く青年は気がついたらしい。彼は微笑んでリュリュの二の腕に手を伸ばすと触れてくる。初対面の人物に対してずいぶんと馴《な》れ馴《な》れしい行為だ。戸惑ったけれど、リュリュの意識はすぐに脳裏をかきまわすような懐かしい香りに囚われてしまった。

(懐かしい……?)

そんな感覚に驚いた。なぜ懐かしく思うのかわからなくて、それでも体の奥から湧きあがってくるどうしようもない衝動に必死に耐えた。

(どうして？　こんな場所、来たこともないのに)

それどころか王宮から出たこともない。しかしリュリュには思考する時間はなかった。そのまま ぐいぐいと引っ張られて木々の間を抜けて、そして招かれたのは見あげる高さの錬鉄《れんてつ》の門だ。

「わぁ……」

突然開けた場所に出て、リュリュは思わず声をあげた。薔薇《ばら》の蔦葛《つたかずら》が絡まっている。花は開いていないけれど今にも弾けそうなたくさんのつぼみがついていた。その向こうにはいくつもの藁葺《わらぶ》き屋根の平屋が並んでいる。竜巻でも起これば吹き飛んでしまいそうな小屋だけれど、あふれるほどの緑の中にいくつもの小さな家々が建つその光景には不安を吹き飛ばす和《なご》やかさがあった。

「ここは……？」

「エルミート村ですよ」

にこやかにそう言われて、何度もリュリュはまばたきをした。

「ここ……私、は……」

「おや、エルミート村に来たことが？」

驚いたように赤い髪の少年は首を傾げる。心底リュリュの反応が不思議だというようだ。

「いえ、来たことはありません。ありません、けれど……」

（なにか、懐かしい）

小さくリュリュは震えた。少年はなおも不可解だという様子だけれど、どう説明していいものか困っているリュリュを前に、彼はいきなり背を向けて叫んだ。

「シスランさま！」

「ああ、テオフィル」

その呼びかけに振り向いた男性は白銀の髪、赤い瞳。今まで見たことのない容貌に思わず見とれた。シスランと呼ばれた彼は磨《みが》いた宝石のような赤い目をリュリュに向けてきて、まるで値踏みするかのようにじっと見た。

「……ああ、あなたは」

「え？」

シスランは納得したとでもいうように頷いている。しかしリュリュにはその意味がわからない。

「お戻りなさいませ、リュリュさま」

「……ええ？」

思わぬことを言われて、リュリュはますます戸惑うしかない。そんなリュリュを前に、シスランはなおも微笑んでいた。

「やはり故郷には惹《ひ》きつけられますか」

「……故郷？」

ただただ困惑するばかりのリュリュは、シスランの言葉を繰り返すことしかできない。そんなリュリュを、シスランはまるでいとけない子供でも見ているかのような優しいまなざしで見つめているのだ。

「さぁ、こちらへ。ひどいお姿ではありませんか」

「あ、っ……」

リュリュは改めて自分の格好を見て、頬が熱くなるのを感じた。テオフィルに心配されたとおり、ひと晩森の中を歩きまわったせいで衣装はぼろぼろであちこち無残《むざん》に破れている。そこから覗《のぞ》くリュリュの腕も足も傷だらけで、羞恥に顔があげられなくなったリュリュをシスランはなおも優しく案内してくれる。

「ここは……」

「村の公会堂です。お客さまは皆ここにお招きします。もっともリュリュさまをお客さまなどと、よそよそしい呼びかたはいたしませんが」

「どうして、私を……？」

公会堂に入ると、中は涼しい空間だった。薄暗くて、それが奇妙に落ち着きを呼んでくる。

「あなたはここで生まれたのですよ」

シスランの言葉に虚《きょ》を衝《つ》かれて、リュリュは黙ってしまった。うたうようにシスランは続ける。

「そうですね、もう……半世紀ほど前にはなりましょうか。あなたはこの村で、生を受けた。あなたの下半身は、生まれながらに蛇の形をしていました」

思わずリュリュは、自分の腰を撫でた。今はなんの変哲もないけれど、ときおりそこには鱗《うろこ》が浮かぶ――まるで蛇のように。そのおぞましさに、改めてリュリュは大きく震えた。

そんな彼の後ろに静かに近づいてきたのは、金色の髪、銀色の髪のふたりの少年だ。彼らは小さく声をかけてきて、丁寧で的確な手つきでリュリュの汚れて傷ついた体を清めてくれる。

「蛇は、聖なる生きものなのですよ。神に祝福され、神が自らの化身としてこの世界に降りることを許された唯一の存在」

「そう、なのですか……?」

今までリュリュが住んでいた世界にそのような概念はなかった。よほど驚いた顔をしたのだろう、シスランはリュリュを見て柔らかく笑っている。

「あなたは神の手によりこの地に贈られた子供。ですからその証《あかし》に、神の生きものの一部を受け継いでいるのです」

温かい布で優しく拭《ぬぐ》われて、きれいになったリュリュの手には白い湯気の立つカップが渡される。鼻をくすぐるのは知らない香りだけれど、吸い込むだけで心が穏やかになっていくのがわかる。

「あなたの両親は、あなたは神からの授《さず》かりものだとたいそう喜びました。その喜びは村中のもの。三日間、宴《うたげ》が続きました」

「両親……」

自分に両親がいるなどと、今まで考えたこともなかった。人間として生まれた以上、生みの親がいるのは不思議なことではない。しかしリュリュは自分の両親などという存在を意識したことはなかったので、どうにも違和感がある。

「神の子であったあなたは、王宮の神殿に捧げられました。そうやってあなたは、王宮のものになったのです」

「ああ……」

王宮という言葉に、リュリュはやっと実感を得た。それはリュリュにとっての現実だからだ。この村で生まれた、半身が蛇だった。そのような不思議な話よりもずっと真実味がある。

「あなたは神の子ですから、寿命は神のお与えになったもの。ですがあなたの両親は、普通の人間です。ですからとうの昔に寿命が尽きて、死にました」

「そう、ですか……」

両親とはいえ知らない人間の死を悼《いた》むのは難しい。リュリュはどのような表情をしていたのか、シスランは小さく肩をすくめた。彼はそのままリュリュの後ろに目をやって、笑顔を浮かべた。誰かが彼に合図をしたらしい。リュリュが振り返る前に、その者の気配はなくなってしまった。

「あなたには、あなたの両親の家にお部屋を用意しました」

思わぬことを言われて、リュリュは何度もまばたきをした。

「もちろん、彼らが住んでいたころそのままではありませんが。いつかあなたが戻ってくるのではないかと定期的に修繕していたのです」

「それは……」

至れり尽くせりの待遇に、リュリュには言葉がない。なぜこれほどに歓迎してくれるのだろうか。疑いたくはないけれど、理由がわからないとどうしても不安になってしまう。

「なぜ私たちが、あなたを歓迎するのか……気になりますか？」

「……ええ」

考えを読まれていたか。ともすれば失礼なことかもしれないけれど、リュリュが頷くのも無理はないと理解してもらえるだろう。シスランはゆるりと微笑んだ。

「私が、その……神の子とやらだからですか？」

「それは、大きな理由ですね」

穏やかな口調でシスランは呟《つぶや》く。彼にはそれ以上に言いたいことがあるようで、リュリュは口を噤《つぐ》んで続きを待った。

「ですが理由のすべてではない。神の子であることは、あなたにとっては些細なことでしかないはずです」

「どういう、意味ですか……？」

なおも不安に震える声で、リュリュは言った。シスランはどこか、その意図の読めない表情でリュリュに手を伸ばしてきた。白い手が、リュリュを救うように差し出される。それに導かれておもちゃのような家の中を抜け、あるひとつのこじんまりとした家に案内された。

「どうぞ、ここはあなたの家です。ゆっくりしてください」

言われてこくりと頷いた。新たに現れた少年少女にリュリュを預けて、シスランは去っていった。その後ろ姿が見えなくなって、リュリュは大きく息をついた。

「リュリュさま、お風呂が用意できております」

少女のひとりが礼を取りながらそう言った。その腕には柔らかそうな白い浴布が何枚かかかっている。

先ほどひと通り体を拭いてもらった。しかし衣服は着替えていないし、なによりも風呂は魅力的だ。リュリュはどのような顔をしたのか、少女は子供を前にこらえきれずに笑うような表情を浮かべて、リュリュは少し恥ずかしくなった。

ポーラと名乗った少女に手伝ってもらって風呂を終えた。体の芯から温まってほかほかしながら、リュリュのために用意したという家屋の一室で身を休める。休憩のための長椅子は柔らかくて、ふわふわの布がかけてあって、ここでもまたリュリュは自分が歓迎されていることを知って大きく息をついたのだ。

「お食事、なさいますか?」

声をかけられて、是との返事をした。ややあって案内された食堂には湯気の立つ美味そうな食事が用意してあった。小さなあくびを見逃すことなく寝室に案内されて、先ほどの長椅子よりもさらに寝心地のいい寝台で今まで味わったことがないくらいに深い眠りを味わった。目が覚めるとポーラより年嵩のマリエルという女性が現れて、また面倒を見てくれた。

ここは幸せな場所なのかもしれない。王宮から逃げてきたリュリュにとって、受け入れてくれる優しい場所なのかもしれない。ここが自分のいるべきところなのかもしれないと思うと、なぜか視界がじわりと潤んだ。何度も洟《はな》を啜《すす》って肩を震わせる。なぜこれほどに涙があふれるのか、自分でもわからないのだ。

◆

エルミート村でのリュリュは毎朝、朝陽が顔を照らすのを感じて目が覚める。交代で世話をしてくれる者たちがカーテンを開けて窓を開けて、差し込む朝陽と入ってくる空気が優しくリュリュを起こしてくれる。

このような穏やかな時間を許されていいのだろうか。目覚めるたびにリュリュは思う。清潔な衣装を着せてもらえて美味しい食事を勧められて、それは確かに喜ばしくはあるのだけれど、しかし自分はここにいていいのか、このような歓待を甘んじて受けていていいのか、どうしてもリュリュは戸惑ってしまう。

「おはようございます、リュリュさま」

飴色《あめいろ》に煮られた魚をつついていると、声をかけてくる者があった。シスランだ。彼はにこやかに微笑みながらリュリュの食卓に近づいてきた。ここはリュリュの家ではあるが、村人たちは気さくに訪ねてくる。王宮のリュリュの部屋を訪問する者はいなかったので、このような形で人に会うのは新鮮だった。

「いつも、気づかっていただいて……」

訪問してきた身でありながら、シスランはリュリュにもてなす用意をさせない。彼は容器に入れた自分の飲みものを持参しているし、かつて知ったる場所とばかりに窓際の椅子に腰を下ろす。その動きに迷いはない。

「すみません、私は……なにもお返しできないのに」

「返していただくものなど、求めていませんよ」

どこか飄々《ひょうひょう》とした口ぶりでそう言って、シスランは窓から外を見ている。少しばかり疎外感を感じたけれど、シスランはそんなリュリュに気をまわす必要はないと言って笑うのだろう。

「ここでの生活はいかがですか。不自由なことはありませんか」

「ええ……ありがとうございます。なにもかも、していただいて」

恐縮してリュリュが頭を下げると、シスランはそれを笑いながら制した。

「どうしてこのように私を気づかってくださるのですか」

そう問うと、シスランは微笑む。いつもの優しい笑みがどこかいたずらめいた、リュリュをからかうようなものになった。決して不快なものではないけれど。

「気がついていないのですか?」

そう言いながらも、シスランにはそれがわかっているとでもいうようだ。リュリュが首を傾げると、小さく笑ってこう言った。

「あなたが、貴重な身だからです」

「え……？」

なおも優しげに微笑んで、シスランはうたうように言う。

「あなたのお腹には、赤子がいるのですよ」

「……、……え？」

がちゃん、と音がして驚いた。リュリュの手からフォークが落ちたのだけれど、それに気づいても拾おうという気持ちは湧かなかった。それよりもシスランの言葉が頭の中に響いている。

「気づいていなかったのですか？」

そう言いながらもシスランは、驚いた顔はしていない。リュリュの反応を楽しむような口調だけれど、なによりもリュリュが彼の発言に驚いていた。

「あ、かご……？」

「気づきませんでしたか？　だってあなたのお腹、ほら」

「え、ええ……っ？」

思わず腹に手を置いた。いつもどおりなんの変化も感じられない。昨日の夜にも入浴したけれど、変わったことなどなにもなかったのだ。

「そ、んな……昨日や今日の話ではありませんよね？」

「もちろん。あなたがこの村に来たときから。皆、知っていることですよ」

「……そんな」

知らぬは本人ばかりなりとでも言うのか。リュリュはどのような顔をしていたのか、シスランはこらえられないとでもいうようにくすくすと笑っている。

「どうしておわかりなのですか」

驚くとともに、どこかむっとする気持ちが湧きあがってきた。自分のことなのに、自分が知らなかったのだ。そんなリュリュの心を読んだように、にわかにシスランは笑いを潜《ひそ》めた。

「あなたが悪いのではありませんよ。オメガになどまず会いませんし、ましてや孕んだオメガに会う機会もないですからね」

「で、も……」

自分の腹に子がいるという感覚に、どうしても馴染《なじ》まない。反射的に平たい腹をなぞりながら、リュリュは慌てて言葉を継いだ。

「でも、私は……孕《はら》まないオメガだったはずです」

口にするには辛いことだ。しかし今のリュリュは、あまりにも意外なことを耳に戸惑うばかりなのだ。

「私は長い間王宮にいて……たくさんのアルファの子胤《こだね》をいただきましたが、一度も孕むことはなかった」

「ええ」

やはりシスランは驚くことなく、ゆっくりと頷いた。彼の白銀の髪が、ゆらりと肩の上で踊る。

「知っています。しかし今まで孕まなかったからといって、あなたが『不妊のオメガ』であるかどうかはわからない」

シスランの言葉に、どきりとした。そんなリュリュを、シスランはその赤い目を眇《すが》めて見つめている。今までのにこやかさが嘘のようで、そんな彼の表情にリュリュは脅えた。

「私も、孕まないオメガですから」

シスランの言葉に、リュリュは驚きの声を洩らしてしまう。シスランに笑顔が戻ったけれど、それは少しばかり困ったような笑みだ。

「あなた、も……?」

困惑とともにリュリュがそう言うと、シスランはやはり笑みとともに頷いた。彼はさらりと自分の腹を撫で、その手つきはまるでそこにはいないなにかを懐かしんでいるかのようにリュリュの目に映った。

「あなたは、私とは違います。私は結局、孕むことはなかったのですから……」

そう言ったシスランの目から、なにやら読み取れるものがあるような気がした。リュリュにはそう感じられたけれど、断言できるなにかがあるわけではない。そんなシスランを前に、リュリュはどのような表情をしたのか。彼は小さく、くすりと笑った。

「あなたはご自分の意思で、王宮を出た。それがどんな意味を持っているのか……ご存じないのでしょうね」

そう言って肩をすくめたシスランの瞳には、やはりどこか悲哀が宿っている。それを目にリュリュはますますおろおろしてしまった。

「そのような顔をしないで」

シスランは優しくそう言ったけれど、そんな彼のほうが悲しそうだ。どうすれば彼を慰めることができるのか——迷うリュリュを慰撫《いぶ》するようにシスランはまた微笑む。

「誤解しないでください。私はあなたを責めたいのではありません。あなたが孕んでいることは、お目にかかったときからわかっていたのですから。あなたは……私の、私たちの光なのです」

リュリュは何度もまばたきをした。そんなリュリュの反応を楽しむように、シスランはやはり微笑んでいる。いつもの彼の穏やかな表情だけれど、なんとはなしにそこに悲しみが潜んでいるように見えて、どう反応していいものかリュリュは迷った。

「で、すが……」

いきなり今までの劣等感は無駄であったのだと聞かされて、そうですかと受け入れられるはずがない。戸惑いながら言葉を濁したリュリュに、シスランはまた笑った。

「あなたが長きにわたって、王宮で孕まないオメガと貶《おとし》められていたのは知っています。ゆえにご自分の存在意義に自信が持てなかった」

「ですが……そ、れは……」

シスランの言葉に、思わず声が震えた。仕方がない、当然だった。そうやって自分を擁護《ようご》したかった。記憶の始まりからずっとオメガとして貶められ、孕まないオメガと侮蔑《ぶべつ》され、そうやって劣等感が蓄積された心からは自尊心というものが抜け落ちていた。だからこそラウールの心を知って逃げたのだ。受け止める余裕がなかったから。愛を返されるなど、想像もしていなかったから。

「孕まないオメガに、どのような存在意義が……あ、ると？」

わななく声でリュリュが言うと、シスランは何度かまばたきをした。そしてまた微笑みとともに返事をした。

「そうですね、存在意義は、ない」

彼の言葉にリュリュは震えた。よく知っていたことだけれど、改めて耳にするとリュリュは常に自分が『できそこないのオメガ』であることに傷ついていて、その悲しみからは逃れられたためしがなかったのだと改めて気がついた。

「ですがあなたは、子を孕んだのです。あなたの存在は確かめられた。それでいいではありませんか」

「で、も……」

だからといって問題が解決したとは思えない。シスランが目を眇めて見つめてくるのに、リュリュは思わず視線を逸《そ》らしてしまった。そのまま目線は自分の下腹部に落ちて、そこにはやはりなんの変化もなかった。

「ここに、子が……？」

「そうですね」

シスランはいつも通りの声音で言った。リュリュはそっと手を伸ばし、自分の腹部に触れてみる。やはりなんの変化も感じられなかったけれど、ここには知らない命が宿っている――そう思うととても不思議な感覚だった。

「どうですか、リュリュさま？」

うしろからそっと、ポーラが声をかけてくる。今まで彼女はひと言も声を出さなかったので、その優しい声に驚いてリュリュはそちらを見た。

「赤さまの気配を、お感じになって？」

ポーラの期待を裏切りたくはなかったのだけれど、嘘をつくわけにもいかない。戸惑ったリュリュは、どう反応すればいいのかと視線をうろうろさせた。

「あ」

「リュリュさま、感じました？」

微《かす》かにリュリュは声をあげて、それを聞いたポーラが嬉しそうに笑顔を弾けさせた。

「赤さま、いるでしょう？」

「そんな感じが、します」

気のせいだったかもしれない。しかしリュリュは手に伝わってくる変化を確かに感じたのだ。

「そんな感じ、ではありませんわ。本当にここに、赤さまがいるんです」

弾んだ声でポーラは言って、その白い手を伸ばしてくる。驚いたリュリュは身を翻《ひるがえ》す。すると
ポーラはくすくすと笑った。

「直接触るなんて無作法なこと、しませんわ」

「ポーラは子供が好きですからね」

笑いながらシスランが言う。ポーラも大きく頷いて、なおもリュリュの腹部を見やっては嬉し
そうに笑っている。

「このエルミート村には、子養いに長《た》けた者がたくさんいます」

「リュリュさまは、なにも心配しなくていい。この機にあなたがここに戻ってきたのは、きっと
運命のお導きです。安心してくださいね」

「はい……」

ゆっくりとリュリュは頷いた。そんな彼をまわりの者たちが微笑ましげに見ている。

(私はここに、いていいんだ)

そう思うと、なにやら強い気持ちが湧いてくる。エルミート村に来て思わぬ歓迎を受けたとは

いえ、しかし自分にはその資格があるのかという疑念が常にあった。

（で、も……）

しかし今。リュリュが顔をあげると微笑み返してくれる人がいる。ここでは誰も、リュリュを否定しない。

（誰の子、なのか）

それでも一抹の不安が、リュリュを襲う。ゆっくりと腹を撫で、しかしそこにいるという赤子が答えるはずはなかった。

「リュリュさま？」

不思議そうにポーラが話しかけてくる。この少女にどこまで告げていいものだろうか。迷ったリュリュは曖昧《あいまい》に微笑んで、シスランがこちらを見つめているのに極《き》まり悪くなって肩をすくめた。そんなリュリュの仕草にふたりはきょとんとする。そして笑い出したので驚いた。

「ど、どうしたのですか」

「いいえ、申し訳ありません。あなたを嗤《わら》ったのではありません」

いったいリュリュはどのような表情をしていたのだろうか。思わず首を傾げてしまい、すると彼らはまた笑った。

「あなたは無垢ですね」

「無垢……？」

思いもしない言葉にリュリュはまた首を倒しかけて、慌てて押しとどめた。

「そのようなわけ、ありません」

彼らの言葉の意味に思い至って、リュリュは慌てた。

「私が……無垢、などと」

そのような言葉はリュリュからは遠い。リュリュはオメガで、それだけが存在意義で、覚えていないくらいさまざまなアルファに抱かれてきた——そんなリュリュが無垢だなんて。

しかし目の前のふたりは、リュリュの言葉を冗談かなにかだと思っているようだ。本気にとらえてもらえないのはもどかしいけれど、しかし意図が通じないのなら仕方がない。なおも堕罪《だざい》意識に駆られながら、いつの間にかリュリュはうつむいている。

(だって、この子の……誰がトウアープなのかわからないのだもの)

そのことがリュリュを、ひどく苦しめた。

◆

昼間は汗ばむほどに暖かいけれど、太陽が沈むと一気に冷え込む。

「は、あ……」

自宅の庭、緑の中の椅子に座っていたリュリュの口からは思わずため息が洩れた。そのあまりにも情けない声音に、リュリュはぎゅっと口を噤んだ。

「リュリュさま」

「……シスランさま」

表から庭に入る門の向こうから現れたのは、シスランだ。反射的にリュリュは腰をあげたけれど彼は手で制した。軽い足取りでリュリュのもとに歩いてきて、目の前に立つ。

「なにかお悩みですか」

「あなたはなんでもお見通しなのですね」

思わずリュリュはため息をついて、するとシスランは笑った。

「表情がわかりやすいですからね、あなたは」

そう言われると、無性に恥ずかしくなった。笑みを浮かべたままシスランはリュリュの隣に座り、そして月を仰いだ。

「……私の、この子は」

そう言いながらリュリュは腹を撫でた。その仕草はまるで己がその子の親であると受け入れている、妊娠していることを疑いもしていないことに笑ってしまった。

「誰の子か、わからないのです」

「それは」

驚いたような口調でシスランが言って、それにリュリュはますます恥じ入ってしまう。

「私たちは、受け入れることしかできない……選ぶことなどできない、オメガですから」

シスランは頷いて、そんな彼の反応に少しだけリュリュはほっとした。

「確かに選ぶことなどできない、だからといって諦めてしまうのは簡単です」

そんな彼の言葉に、どきりとした。思わず目を見開いてシスランを見て、いつになく厳しいシスランの表情を恐ろしく思う。

「嘘ですね。あなたはわかっているはず」

「な、にを……？」

震える声でそう言うとシスランはリュリュを試すような、それでいて労《いたわ》るようないつもの優しい声音で言うのだ。

「選べないなどということはありません。あなたは選んだのです。あなたの子の、アルファ親……それが誰なのか、あなたは知っている」

その言葉に、リュリュは固唾を呑んだ。シスランはじっとこちらを見て、そして薄く微笑んだ。その表情はとてもさみしそうで、今までになく胸が大きく鼓動を打った。

「知っている、というのは正しくないかもしれません。あなたがその子のトウアープを誰と定めるか……決断するのはあなたなのです」

「私が、決める……？」

リュリュの心臓が大きく打ったのは、シスランの言葉ゆえではなかったのかもしれない。思わず胸に手を置いた。そこに沁み込んでいる気持ちは確かにシスランの言葉によって和んでいた。そんなリュリュを目を眇めて見やるシスランの笑顔は、いつも以上に穏やかなものだ。

「あなたの子……そこに眠っている子は誰との子なのか、あなたにはわかっているでしょう?」

「それは……」

惑ってリュリュは、あちこちに視線をうろつかせた。手は自然に腹に触れて、リュリュにだけ許された場所を繰り返し撫でる。

「で、も……」

誰がこの子のアルファ親なのか、心当たり——期待は、ある。しかし心の中とはいえその名をはっきりと口に出すにはリュリュは臆病すぎた。

「知っているのは、あなただけです。あなただけがその子のトウアープを決めることができる。あなたの心こそが、あなたの運命を紡ぐことができるのですよ」

シスランの言葉に、腹を撫でる手が止まった。自分に選択肢があるなど考えたこともない。しかし動かしていた手を止めて、それをじっと見ているとこの手には確かに運命が握られているように感じるのだ。

「シスランさまは、なぜ……そのようなことをおっしゃるのですか」

リュリュの言葉に、シスランは驚いたようだ。彼が何度かまばたきをするのに、慌てて言葉を継いだ。

「いえ、そうではなくて……なぜそのようにお考えになれるのでしょうか？　私はいつでも迷ってばかりなのに」

言っているうちに、意気消沈《しょうちん》してしまった。うつむくリュリュの耳に、シスランの優しい声が伝わってくる。

「私も、王宮にいましたから」

「そうなのですか？」

そんな話は初めて聞いた。驚いてリュリュは目を見開き、目に映ったシスランは今まで見たことのない、どこか傷ついた抱きしめて慰めてやりたくなるような幼い表情だ。ここに来てからずっとリュリュを優しく導き慰めてくれたシスランの、そのような表情は初めて見た。

「リュリュさま、そのような顔をなさらないで」

微かに微笑みながらシスランはそう言って、そしてリュリュに顔を近づけてくる。作りもののような美貌が近くにあって、どきどきしてしまう。

「あなたと同じですよ。私は、そう……百五十年くらい前からあなたがあがるまでの間、王宮におりました」

「シスランさまが？」

改めて驚いて、すると頷くシスランの白銀の髪がさらりと肩をすべる。

「あなたが王宮にあがったのが、五十年ほど前ですね。私はその百年ほど前からずっと王宮にいて……一度も子を授からなかった」

「あ……」

孕まないオメガ。王宮で幾度も浴びせかけられ、今さら傷つくはずもないと思いながらも傷つけられていた言葉を耳に、またどきりとした。シスランも同様なのだろう。彼の赤の目は、今までに見たことのない悲哀に染まっていた。傷を舐め合うつもりはないけれど、思いを共有できるのはこの世で互いだけなのだろうとリュリュは納得した。

「……どうしました？」

シスランがじっと、こちらを見つめている。美貌を向けられて思わず視線を逸らせてしまった。

「ラウール王子でしょう？」

「……！」

シスランはどこまで見抜いているのだろうか。リュリュは今までで一番驚いた顔をしただろう。

シスランは珍しく声をあげて笑った。

「あなたはいつも、ずっと……ラウール王子のことばかりを考えている」

「それは……」

見抜かれたことが気恥ずかしかった。しかしシスランの眼識は確かだ。

「あなたの、その子は」

目を眇めて、シスランはリュリュを見つめている。彼の視線は腹部に注がれていて、それがまた恥ずかしい。

「ラウール王子の子でしょう」

「どうして、そんなこと……」

断言するシスランの意図がわからない。惑うリュリュに、なおもシスランは微笑んでいる。

「なぜ、わかるのかって？　そうですね……勘、ですか」

「勘って」

まるで子供のような物言いに呆《あき》れたけれど、そんなリュリュを前にシスランはやはり微笑んでいる。

「もとより我々のような生きものは、そういう不確定なものではありませんか？」

「そうかも、しれませんが」

シスランの言うこともわからないではない。それでもなにもかも納得したとは言えなくて、リュリュは訝しく眉をひそめてしまう。

「なにが不満なのですか？」

「不満、ではないです……が……そのようなことを、急に」

ラウールの子だと信じたい、自分と子の運命を決めるのはリュリュだと言われた、それはわかったけれど、だからといってすぐになにもかもを呑み込めるわけではなかった。

「あなたの運命は、あなたが決めるのですよ。それとも王の子であると思いたいのですか？」

「そんな、わけは！」

反射的に声をあげてしまい、シスランがくすくすと笑った。

「では、ラウール王子の子だと思えばいいではないですか」

「そういうものでしょうか？」

なおも今ひとつ得心に至らないリュリュに、シスランは笑う。

「そういうものです。自分の人生を豊かにできるのは、自分だけですから」

そう言って笑うシスランは、リュリュにはあまりにも眩しかった。そんな彼を見ていると、自然に喜びが湧きあがってくる。この腹にいる子はラウールの子——そう思うと嬉しくなって腹を撫でてしまう。シスランの目につかないようにと思ったのに、彼の赤い眼はしっかりとこちらを見ていた。

「すみません」

「責めているわけではありません。そう捉えられるのは仕方ないことだとは思いますが」

「いえ、私のほうこそ……」

「私たちのような異端のオメガが子供を授かるには、単にアルファの子胤を注がれるだけでなく、ほかになにか条件が必要なのでしょう」

シスランが言うことは正しいのかもしれない。しかし『なにかの条件』が指すものがなんなのか、リュリュには見当もつかない。

「私とて、わかりません」

苦笑とともにシスランは言った。あたりに視線を泳がせて、まるでその『なにか』を探すかのようだ。

「しかしそれは……ともすれば私たちのような、異端のオメガの救いになるものなのかもしれません」

そう言ったシスランは、どこか夢見るようなまなざしをしていた。

「そしてあなたは、その救いを手に入れた。おめでとうございます」

「は、い……」

シスランの賛辞はどこか虚《うつ》ろに響いたけれど、リュリュは素直に頷いた。この子がラウールの子なら、とても嬉しい——ただそれだけだ。

「もしそうなら……いいえ、もちろんラウールさまの子ではなくても。生まれてくる子を、私は大事にします」

「そうですね。私たちも、精いっぱいお手伝いしますよ」

「ありがとうございます……お願いします」

そう言いながら、リュリュはまたそっと腹を撫でた。すっかりこうするのが癖になっている。まだ腹に子がいるという実感はないくせに手が自然に動くのは、リュリュの体はその本人よりも子を宿しているということを実感しているのかもしれない。

「ああ……雲が、晴れましたね」

シスランの声に、はっとした。顔をあげて、すると先ほどまで薄い雲に隠れていた月が眩しい姿を現しているのが目に入る。その光はいつになく優しく柔らかく、まるでリュリュを励ましてくれているかのようだと思った。

Episode.7【さまよえる王子】

リュリュが王宮から姿を消したのは、ラウールが十五歳のとき――ドミナンスアルファとして覚醒し、初床係の彼を抱いた次の朝だった。

なぜリュリュはいなくなったのか。彼の出奔《しゅっぽん》以来、ラウールの胸からは一瞬たりともその疑問が離れることはなかった。リュリュが幼いころから慈《いつく》しんできた養い子を愛していたのは知っている。

だからラウールが初めてリュリュを抱いて、この腕の中で乱れる彼を見たときは今まで知らなかった凄まじいまでの興奮を覚えた。同時にこれだけラウールの腕に縋《すが》ってくるリュリュは本当にラウールを愛しているのだと、満ち足りた喜びに震えたのだ。

しかしリュリュは、いなくなった。いずれ戻ってくるだろうとの期待はすぐに打ち砕かれる。三日経っても一週間経っても、リュリュは戻ってこなかった。ラウールは父王フィリベールに訴えたけれど、リュリュを寵愛《ちょうあい》していたはずのフィリベールの反応は、ラウールが思ってもみないものだった。

「たかがオメガひとりではないか」

どこか面倒そうに、フィリベールは言った。

「それほどに騒ぐことか？　気になるのならおまえが追えばいい」

そう言いながらフィリベールは、近臣の差し出した書簡を受け取った。広げて目を通し始めた父王の姿に、ラウールはどう対応していいのかわからない。

「オメガならいくらでも召しあげればいい。それにあれは孕まないオメガだ。そもそも存在する理由もない」

絶句するしかなかった。否、それが通常の感覚なのだろう。しかしラウールにとってリュリュは、単なるオメガではない。愛する者だ。誰よりも愛して、なによりも欲しいものだ。

（ばかにしている……実際そうなのだろう。子を孕まないオメガ。リュリュの存在は、そんなつまらない言葉だけで表されている。誰もリュリュ自身を見ていない。誰もリュリュ自身を必要としていない）

リュリュを愛する自分までが否定されたように感じたけれど、そのような思い込みは愚かなだけだ。ラウールは何度も首を振って、ばかばかしい思考を振り払おうとした。ラウールが求めるのはリュリュだけだ。オメガだろうがなんだろうが、リュリュはリュリュだ。ラウールはリュリュを愛している、それだけだ。

（俺は、この腕にリュリュを抱きしめることだけを目的にしよう）

早足で回廊を歩きながら、ラウールはぐっと手を握りしめた。

（リュリュをこの手にすることを目的に、俺は生きる。俺の生きる目的は、リュリュを我がものとすることだけだ）

リュリュが行方不明になってしまったのはどうしても呑み込めない悲しみだ。しかしその悲しさを原動力としよう。ラウールは、己の愛に生きることを誓った。

（そのためには、まず……行方不明のリュリュを探索するために、さらに手を広げなくてはならない）

リュリュがいなくなったのはとても辛いことだけれど、いったん前向きになるとラウールは早かった。そのまま足を近侍のロドリグの執務室に向けて、ラウールは言った。

「リュリュを捜す。俺は今後、そのために動くから。協力してくれ」

ロドリグは驚いたようだけれど、すぐに頷いてくれた。彼の水色の瞳を見あげながら、ラウールはぐっと手を握った。

（俺は、リュリュのためだけに生きる）

父王の座を奪う、我がものとする。そしてリュリュを王の伴侶として、揺るぎない地位に就ける。誰にもリュリュをばかにさせない。そして永遠に、自分だけのものにする。

ラウールはそのために、己のすべてを捧げた。それに十年を費《つい》やした。

◆

リュリュがいなくなってから、十年が経った。

その年はひどい旱魃《かんばつ》で、まずは飢饉《ききん》が人民を苦しめた。同時にもっとひどかったのは、誰も知らない種類の疫病が蔓延《はびこ》ったことだ。

「なるほど……」

呻《うめ》くようにそう言ったのは、玉座の上の王、フィリベールだ。眉間には深く皺《しわ》が刻まれていて、父王がそのような表情をしているのは初めて見た。

「罹《かか》れば皮膚が黒く変色し、それが全身に広がって、やがて死に至る」

「罹患《りかん》すれば、まず助かりません」

「患者に近づいただけで感染します。看病する者が罹り、まわりの者に感染する。その連鎖が止まりません」

近臣は口々にそう報告する。この疫病の流行が始まったのは昨日今日ではない、しかしついこの間の報告ではここまで酷くはなかったはずだ。ラウールはぞくりと背を震わせた。

「発生はアゼマ地区の周辺でした。しかしすぐに広がって……今ではエルミート村で、特に侵食が激しいと」

「エルミート村？」

思わずラウールはそう呟いていて、その声は意図せずに大きく部屋に響いた。まわりの者たちが皆、ラウールを見る。

「蛇族の村だ」

吐き捨てるようにフィリベールが言った。その声音から、父王がエルミート村とやらを侮蔑しているのだということが感じ取れる。ラウールは聞いたことがなかったから、よほど小さな村里なのだろう。蛇族の村だというエルミート村とは、統《す》べるはずの王にすら嫌われるようなところなのだろうか。

「呪われた、半人半獣の者たちの集落だ。呪われているからこそ、おかしな者が生まれやすい……」

うたうようにそう言ったフィリベールは、顎《あご》に指をかけて思考に沈み始めたようだ。そして低く声をあげた。

「ふむ……そうだな」

「陛下？」

ふいにそう言ったフィリベールを近臣たちが訝しむ。しばらく眉をひそめて考えていたフィリベールは、不意に顔を輝かせた。それは息子ですら今まで見たことのない、悪辣《あくらつ》な表情だった。

「疫病は、エルミート村で食い止めればいいのだな」

名案とばかりにフィリベールは大きく頷いた。父王がなにを思いついたのか、ラウールに知らされることはない。

ラウールに下った沙汰《さた》は、まさにそのエルミート村の巡閲官《じゅんえつかん》の役割だった。エルミート村を閉鎖して疫病を封じ込める。ラウールの役目はエルミート村の住人が村を出ないこと——命令に従わない者があれば射殺してもいいという達しだ。

「穏やかじゃないな……」

辞令の書簡を広げて、ラウールは隣を歩くロドリグに呻き声を聞かせた。

「殺してもいいとは。このような命《めい》、許されるのか？」

「許されるとは、誰に？」

飄々《ひょうひょう》とした口調でロドリグは言う。ラウールが驚いて彼を見るとロドリグはなんでも知っている年長者のような顔をして、ラウールに視線を向けた。

「沙汰したのは王ですよ。王の命は絶対です、誰が異を唱《とな》えるというのです」

「王……そう、か……」

それはこの世の常識だ、あたりまえのことだ。失念していたわけではないが、改めて王たる存在の握る力の大きさを知り、反射的にラウールはぐっと咽喉を鳴らした。

「それだけ王は、大きな力を持っているのだな」

「そうでなくては王である意味がありませんでしょう」

なおもロドリグは当然の顔をして言っているけれど、改めて王権の強さを実感したラウールは大きく震えてしまう。

「そのような顔をなさるなんて」

「……悪いか」

「いいえ、実感を得たということでしょう。いいことだと思いますよ」

ラウールたちの馬は森を抜け、健脚の馬でも何度か休憩を取らなくてはいけないほどの距離を三日ほどかけて進んだ。これほど遠くの村となれば、今までラウールが知らなくても無理はないだろうと感じる。

「ああ……あそこか？」

「そうですね。エルミート村です」

案内人が隠しきれない恐怖を滲ませた声で言った。なぜか、とラウールは首を傾げ、エルミート村は猛威を振るう疫病の巣窟《そうくつ》なのだということを思い出した。

「私はここでよろしいでしょうか」

「えっ」

「あそこが、エルミート村です。広い村ではないですからすぐに全貌はおわかりでしょう。村長はシスランという者です」

「おい、おいっ！」

ラウールは呼び止めたけれど案内人は逃げるように去ってしまった。残されたラウールとロドリグは顔を見合わせて肩をすくめた。

「まぁ……仕方ないな」

「エルミート村に入れば、疫病に罹る。皆がそう思っているようですからね」

「そんな考えが流布しているとなれば……エルミート村の者たちはいかに辛かろう」

想像もできないその感覚に身を震わせながら、ラウールはエルミート村に足を向ける。村の入口らしきところには見あげる高さの錬鉄の門があったけれど不様に錆びていて、絡まる蔦は枯れている。ところどころがまだ生きているだけに見ていて痛々しい。新たにささくれた胸をぎゅっと押さえながらラウールは歩を進めた。

村の真ん中を走るのであろう土の道は呼吸を憚《はばか》ってしまうくらいに砂っぽかった。あたりはどこも薄汚れて煤《すす》けていて、襤褸《ぼろ》をまとった者たちが疲れきった顔つきで塵《ちり》だらけの道の端に座り込んでいる。走りまわるやたらに大きなねずみたちのほうがよっぽど元気だ。

座り込む彼らは皆ラウールたちを睨《にら》みつけてきた。余所者《よそもの》を警戒し受け入れるつもりはないという威圧に、ラウールはたじろぐしかない。

この荒廃ぶりは、くだんの疫病が理由だということはわかる。しかしラウールにとっては初めての場所、初めての経験だ。足を止めてしまったラウールの背を、ロドリグが励ますように押した。

「王都から来た。ここの村長に会いたい」

精いっぱいの威厳とともにそう言ったつもりだったけれど、話しかけた同じくらいの年ごろの男は気怠げに顔をあげただけで、ラウールと目を合わせることもなくまた俯いてしまった。

「おい……！」

「まぁまぁ、ラウールさま」

激昂《げっこう》しかかったラウールを、ロドリグが穏やかに宥《なだ》めた。

「私の上司がすまないね。少々短気で」

「おい、ロドリグ！」

声をあげたラウールを無視して、ロドリグは男の前に膝をついた。

「村長に会いたい。シスランというのだったか？　シスランのところに連れていってほしい」

ロドリグは男の手に金貨を握らせた。警戒を解いて表情を変えた男は、ゆるゆると立ちあがる。

足を引きずる歩きかたが特徴的な男が向かったのはひときわ立派な建物だ。とはいえ王宮を見慣れているラウールにとっては掘っ建て小屋も同様だ。見まわす限りのこの村の中では、というあくまで比較の話である。

ロドリグが従者らしく村長への面会を申し入れ、ややあって現れたのは白銀の髪の男だった。赤い目は磨いた宝石のようだ。まるで妖精のような美しさに息を呑んで、同時に「リュリュに似ている」と感じたことに驚いた。

(どういうことだ。なぜここでリュリュを思い出す？)

思いもしない自分の心の動きに、ラウールは思わず胸を押さえた。

(こんなところにリュリュがいるわけがない。こんなふうにリュリュを見つけることができるわけがない)

なおも胸の鼓動が治まらないまま、懸命に心を落ち着かせようとした。

(リュリュがいなくなってから十年だ……十年も経てば見かけも変わって……いやリュリュは長く生きても姿の変わらない特殊な体だったか。しかし俺が変わってしまっているだろう。リュリュは気づかないかもしれない)

ラウールはシスランを見た。こうやって改めて見るとそれほどリュリュには似ていない。なによりも視線の熱が違うのだ。いかにラウールが変化していてもあんなふうに他人を見る目で見たりはしないだろう。

「どうなさいましたか?」

「いや……なんでもない」

言葉を失ったラウールを、ロドリグが疑わしげに見てくる。そんな彼の視線を振り切って、ラウールはシスランに向き直った。

「俺は、王の命を受けた巡閲官だ。このエルミート村の視察に来た」

「ほう……」

異な事を聞いたとでもいうようにシスランは首を傾げた。ラウールがやってくるのに先触れはなかったのだろうか。父王の側近はそうすると言っていたようだが——しかしたいしたことではあるまい。ラウールは気を取り直してシスランを見やった。

「もちろん、存分にお仕事を果たしてください。ご覧のとおりエルミート村はこのありさま。むろんこの状態を査察にいらしたのでしょうが」

シスランはこの世の生きものとは思えない美しい男だが、その口調には棘《とげ》があった。しかしそれは彼の本質だと思えない――疫病の流行による心労のせいに違いない。

どこか疲れた様子でシスランは手を叩いた。現れたのは赤い髪の青年でヤニックと名乗った。

ヤニックはシスランに信頼されているとは思えないくらいに振る舞いが荒っぽくて育ちの悪さが滲み出た青年だった。

「さっさと来い。病人の看護もなにもできんのだろう、せめてさっさと歩くくらいしろ」

ヤニックの口調は粗野そのものだったけれど、ラウールの心に響いた。ろくに王都を出たこともない自分は、ここではただの役立たずであるようだ。しょせん父王の庇護《ひご》のもとでぬくぬくと過ごしてきただけの世間知らずでしかない己を実感した。

王フィリベールによってラウールに与えられた任の表向きは、エルミート村における疫病流行の範囲の調査だ。大層な仕事ではない。病院に集められた病人、退院した者、その家族。それらの分布を確認して記録する。エルミート村は確かに疫病に汚染された地区であったが（もっとも現在のバシュロ王国に汚染されていない土地などないが）それほど広くもなければ村人の数も多くはないからだ。

エルミート村の病院は小さく慌ただしい場所だった。看護人も患者もラウールたちに構っている余裕はない。生意気で荒っぽいヤニックも院内では神妙にしていた。

村長の手はずで、ラウールたちは村の南東に位置する建物に宿を取ることになった。

もっともこの村に正式な宿屋があるわけではない。案内された古びた木材の建物は無人で、ラウールたちの世話をしてくれるという女性はまずは箒《ほうき》を持って掃除をした。四十絡みの栗色の髪の、マリエルという女性だ。

「事前にお知らせいただいておりましたら、きちんと掃除もしておいたのですけれど」

どこか言い訳するようにマリエルが言った。

「なにしろお掃除の手が足りない状況ですので……こうしている間にもどれだけの子供たちが病に苦しんでいるか。自分で水も飲めずに苦しいと言う元気もなく、静かに病と戦っているかと思うと」

「……子供たちのところに行ってやってくれ」

たまらずラウールはそう呻いて、するとマリエルは慌てたように言った。

「いいえ、私こそ失礼しました。そういうつもりではありませんでした。私が巡閲官さまがたのお世話を仰せつかったのです。シスランさまのご期待に応えなければ」

「シスランとは、それほどに尊敬できる人物なのか」

訝しくラウールがそう問うと、マリエルはよく聞いてくれたと言わんばかりに大きく首肯《しゅこう》した。

「もちろんです。シスランさまはこの村の惨状を救ってくださったかたなのですから」

「惨状？」

穏やかならぬ言葉だ。思わずラウールが顔を歪めたのにマリエルは苦笑した。

「この村の民は皆、神の子であるといわれています。その神は、蛇……半身が蛇の子が生まれることも珍しくありません。そういう種類の民なんです」

迷うことなく手を動かしながら、マリエルは淡々と話を続ける。たいそう驚くべき話だと思うのにその口調がどこまでも静かなのは、この村の者にとっては今さらの話題であるからだろう。

「神の子は、往々《おうおう》にしてオメガです」

マリエルの言葉に、はっとした。そんなラウールの反応に、マリエルは気づいていないようだ。

「オメガに子を産ませたいアルファに、好事家《こうずか》に……特に珍しい、神の子であるオメガの子が人攫い同然に連れ去られるなんてしょっちゅうあることでした。子のオメガが行方不明になっても親は『ああ連れていかれたんだ』って驚くこともなく諦めるのがあたりまえというくらいに」

そう言ってマリエルはまた笑う。その力ない笑いに、ラウールはますます強く迫りあがる苦しみを覚えた。

「そんなこの村の『あたりまえ』を変えてくださったのが、シスランさまでした」

マリエルがそう言ったとき、ふたつのベッドの寝支度はもうできていた。廃屋《はいおく》同然の室内をこれほど手早く整えられる手際はいたくラウールを感心させる。そんな彼の感嘆に気づいた様子はないマリエルは確かめるようにまわりを見まわして、そして丁寧に礼を取った。

「おやすみなさいませ、失礼いたします」

「いや待て、話が途中だぞ!?」

「お話……ですか？　私の？」

「そうだ、シスランがなにをしたんだ？　具体的に聞かせてくれ」

マリエルがためらう様子を見せたので、ともすればそれ以上は箝口令《かんこうれい》が敷かれているのかと思った。しかしマリエルはただどこから話していいかわからなかっただけらしい。視線を左上に泳がせて少し考えた。

「そんな横暴があたりまえだったこの村に、シスランはどういった改革をもたらしたんだ」

「改革というのでしょうか」

ラウールの言葉に、マリエルは少しだけ笑った。

「違うと思います、本来こうあるべきなんです。オメガの子供が攫われて、仮に戻ってきても心も体もぼろぼろになって、それはそのオメガの親も一緒で、それがあたりまえだなんてあってはならないんですから」

「……それは、そうだ」

マリエルの言うとおりだ。ラウールは己の感覚を恥じた。ほかには似ない者たちが生まれることの村の特殊性、ゆえに村人が非道な目に遭うのも「あり得ることだろう」と認識していたラウールは、そうではない、どのような姿で生まれようと、ベータであろうとアルファ、オメガであろうと特殊なオメガであろうと、虐《しいた》げられることを嫌がるのは当然だ、そもそも虐げられてはならないのだと、冷静に考えれば疑う余地もないことをつきつけられたからだ。

「シスランさまは、私たちエルミート村の者たちが、攫われてあたりまえ、虐げられてあたりまえ、仕方がないと受け入れていたことと戦う気力を呼び起こしてくださったのです」

「そうか……」

呻くようにラウールが言うと、マリエルはにこりと微笑んだ。しかしすぐに表情は沈んでしまう。

「それなのに、また……この疫病のせいで」

またラウールは胸の奥を揺すぶられた。反射的に傍らに立つロドリグを見て、彼も苦い顔をしているのを見てとった。マリエルの話を真摯《しんし》に受け止めるロドリグの態度に少し安心して、またマリエルに顔を向けた。

「国からの兵士たちがやってきて、村を取り囲みました。疫病で死んだ村人の遺体を運び出すことも許されません。遺体には蛆《うじ》が湧きねずみがたかり……それらが川を汚して、でもついいつも通りその川の水を飲んでしまって病人が増えるんです。ですが遺体を運び出すことは許されないし、お医者さまが村に入ってくることも許されません。行商人も近づかなくなりました」

そこまで言って、マリエルは息をついた。

「行商人も来ず村人は外に出られなくて、かといって村を包囲する王兵からの援助があるわけでもありません。今はかろうじて蓄えがありますけれど、こんな状況ではまともに農作業もできない」

つまりこのままでは、村ごと滅ぶ。そんな運命を諦めているのかマリエルはなおも感情を見せることなく話を続けた。

淡々とマリエルが語るのを、ラウールは唖然と聞いていた。昼間の査察では目につかなかったエルミート村の現状を生々しく聞かされ、己の不明を恥じるばかりのラウールは戸惑いながら整えられたベッドに横になった。初めての寝床だからかマリエルの話が脳裏を巡って消えなかったせいか、なかなか眠りは訪れなかった。

ことは、真夜中に起きた。

眠れないと悩みながらも、いつの間にかラウールは眠っていたらしい。不穏な気配でふと意識が覚醒する。大きく目を開けるのと同時に鋭い刃物が空《くう》を切る気配を感じ、ラウールの眠気はあっという間に吹き飛んだ。

寝床から飛び起き、転がるように寝台を離れる。とっさに眠るときも腰に佩《は》いている短剣の柄を握り、薄闇の中で懸命に目を凝《こ》らした。

「なにごとだ！」

「ラウールさま、刺客《しかく》です！」

ロドリグの声が寝室に響き、ラウールの胸が大きく鳴った。まだ月の明るい真夜中だけれど、ラウールは完全に覚醒した。

「ここを、ラウール殿下の寝所と知っての狼藉《ろうぜき》か！」

堂々たるロドリグの恫喝《どうかつ》に、刺客がやや勢いをなくすのがわかった。刺客はふたりいる――まだ子供だ。闇の中、それを気配で感じ取ったラウールは少しでもその正体を知ろうと意識を尖らせた。

ロドリグは優秀な剣士だった。ラウールが手を出すまでもなく刺客たちは武器を落とし、ロドリグとともに表に控えていたラウールの護衛兵たちが彼らを後ろ手に縛りあげた。刺客たちは護衛兵の目をかいくぐったようだ。同時にランプに火が入り、それでラウールは刺客たちの顔を見ることができた。

「うう……」

不満を隠しもせずに呻いているのはふたりの少年だった。年のころはまだ十を越えたか越えないかというくらいだろう。性別すらまだ決まっていないのに、そんなふたりが王子の襲撃を試みたとは。彼らがそのような大胆な行動を取った、その意図が知りたい。

「おまえたち」

前に立つと、両手首に枷《かせ》を嵌められた少年たちがこちらを向いた。ひとりは気強くラウールを睨みつけてきて、もうひとりはそんな彼に甘えるように身を寄せて不安そうな顔をしている。目を吊りあげている少年は銀色の髪、脅えている少年は黒い髪だった。その銀色はリュリュを思い出させてラウールをはっとさせる。

「どうして俺を狙った。俺が王都から派遣された巡閲官だと知っての狼藉か」

「あたりまえだ！」

銀髪の少年がわめいた。刺々《とげとげ》しい口調を隠しもせず、吠えるような叫び声にラウールは少したじろいだ。銀髪の少年はなおも気強くラウールを睨みつけてくる。その目は輝く水色で、どこか見慣れた色だと思わずじっと見つめてしまう。

「エルミート村の意思とは関係ない。これは俺たちが、自分で決めたことだ」

「おまえたちだけで、王都からの巡閲官を狙ったのか？」

「おかしいか！」

なおも少年は声をあげる。罪を問われることよりも、侮られたと感じたことのほうが大きいらしい。

「疫病流行の矛先《ほこさき》を、エルミート村に集中させたくせに！　なにもかも俺たちが、エルミート村が原因だと決めつけて……だからエルミート村は孤立した！」

その握る拳《こぶし》は、ふるふると震えている。その怒りのほどは見ているだけで痛いほどに伝わってきた。同じ怒りをラウールも抱いたからこそ、よくわかる。そんなラウールの心を彼は受け入れないだろうけれど。

「オメガが生まれれば、問答無用で攫っていくくせにな。親への許しも得ずに連れ去って無理やり子を産ませて、孕めなくなったら塵《ごみ》同然に放り出す。こうやって疫病流行の元凶だと喧伝しておいて、そのせいで収入が途絶えて貢納できないのに、代わりと言って子供やオメガを捧げろと強要する！」

「そのようなこと……！」

思わずラウールは語気を荒らげた。もちろん少年に対してではない。しかし彼はそう取らなかったようで、その細い眉を吊りあげてますます大きく声をあげた。

「疑うのか？　巡閲官でありながら、そんなことも知らないとでも言うのか？　自分は関係ないって言うのか、この厚顔！」

「おとうと、もうそれくらいで」

「あにぃは、甘い！」

ふたりは兄弟のようだ。叱りつけるように弟は言った。兄がびくりと大きく身を震わせる。

「そんなだから俺たちは虐げられるんだ、酷い目に遭うんだ！　あにぃもリンリーも、甘い！」

（リンリー？）

聞き慣れない言葉に首を傾げた。文脈からして彼らの保護者かなにかだろう。ふたりはリンリーと呼ぶ誰かをとても慕っている、そのように感じた。そしてその『リンリー』も子供たちを愛している、愛されて育ったからこのように正義感を燃やして行動できる子供たちなのだろう、そう感じた。

（そんなふうに愛してくれる者があるのに、なぜこの子供たちは）

こうやって喚《わめ》く姿を見ていると、ラウールを害しようと悪意を持った者たちとは思えない。どう考えても年相応の幼い子供たちだ。それでいてその言うことには真実味があって、ラウールも知らなかった隠された部分を暴いている。傷害未遂の危険まで侵しておいて嘘を言うとは考えにくい。ラウールは勢いよく手を伸ばした。

「ラウールさま？」

ロドリグが訝るように声をかけてくる。ラウールは返事をせず、少年たちを拘束する縄を解いた。

ラウールの行動に驚いた声をあげたのは兄弟だけではなかった。ロドリグはラウールがびくりとしてしまったくらいに大きく叫ぶ。

「出ろ。このまま俺を、おまえたちの保護者のもとに連れていけ」

「な、なにを、ラウールさまっ！」

いつになく動揺して叫ぶロドリグを見やると、彼はラウールの顔になにを見たのか。渋々といったように口を閉じた。

「ほら、行くぞ」

ラウールが手を伸ばしても、兄弟は警戒を解かない。当然だと思いながらもなおも手を伸ばしていると、彼らは互いに目を見交わして、そしてそろそろとラウールに向かって小さな手を伸ばした。

episode.8【待ちかねた夜明け】

真夜中に目が覚めた。

まだ月は明るく、中天に輝いている。双子たちの部屋を覗くともぬけの殻《から》だった。また病院に行ったのだろう。若い者は罹患の確率が低いと言われているけれど、無理はしてほしくない。

（まったく、あの無鉄砲は誰に似たんだろう）

独りごちたリュリュはため息をついた。

このエルミート村は、先だってより流行している疫病の牆壁《しょうへき》になった。たくさんの住人が死んだ。リュリュも双子も、何度も命の終わりを覚悟した。こうやってどうにか無事でいるのはただ運がよかっただけだ。

（ラウールさまは……）

王都からの噂にラウール王子の異変を告げるものはなかったので、それだけはリュリュを安堵させた。

シスランを始めとしたエルミート村の者たちの助けによってリュリュは無事に子を産むことができた。子供は双子だった。そのままこうやって家族で暮らすことを許されて、三人でここで過ごしているのだ。

月に誘われるままにリュリュは家の外に出た。遠くからなにやらざわめきが聞こえてきた。

そちらに顔を向ける。ざわざわと伝わってくる気配はただならぬ雰囲気を伝えてきて、反射的にリュリュは背を震わせた。

（なに……？　おかしなことが起こったのでなければいいけれど）

湧きあがる不安を押し殺しながら、同時に双子が戻ってきたのかもしれないと思った。リュリュはそちらに顔を向ける。

疫病の蔓延《まんえん》を少しでも防ぐため人が集まるのを避けるように指導されてきた。だから複数が連れ立っているのを目にするのは久しぶりだ。リュリュは集団の中に知った顔を見つけて、身を凍らせた。

「リンリー！」

声をあげて走ってくるのは双子たちだ。彼らの無事な姿に安堵すると同時に、リュリュの目に入ったのは黒い毛並みの立派なアルファだ。もう十年以上その姿を見ていないからといって、彼が誰かわからないはずがない。

「リュリュ！」

とっさに地面を蹴ったリュリュを、力強い足音が追ってくる。懐かしい姿、懐かしい声。振り向くことはできなかった。まるで黄泉から追ってくる恋人から逃げた男のように、リュリュは必死に走る。しかし相手のほうが体軀《たいく》も大きいし歩幅も広い。

（あんなに小さなお子だったのに）

息を荒らげながら、リュリュは奇妙な感慨に耽《ふけ》った。

（私なんてすぐに追いつかれてしまう……どれだけ逃げても無駄なんだ。私はこのかたから離れてなんて生きられない）

それは今にも追いつかれる物理的な距離のことでもあり、自分の存在は彼によって支えられているのだという心理的な意味でもあった。十年以上も前に逃げたけれど、それでもリュリュはなおも彼の手中にある。今も、どころかずっと変わらない——初めて会ったときからリュリュは彼にとらわれていたのだ。これは運命だ。世界をまわす歯車から逃げることはできないのだから。

（私はそれを、知っていたはずなのに……！）

逃げ出したリュリュを驚いて見ていた双子たち——彼らが『運命』の証《あかし》にほかならない。それをリュリュは、よく知っていたのだ。

「リュリュ！」

いい加減息が切れてリュリュは足を止めた、否止めざるを得なかった。走るのをやめたとたん、足がもつれて転びかける。しかし無様《ぶざま》に地面に叩きつけられる前に、強い力で二の腕をつかまれた。痛みを感じて声をあげると、彼は慌てて手を離し、代わりに逞《たくま》しい腕をまわして後ろからリュリュを抱きしめてくれた。

「危ない！」

「あ、あっ」

彼の声は子供のころそのままだ。それにリュリュの胸はどきりと跳ねて、胸にまわっている手にその鼓動が伝わっていないか懸念してしまう。

「……リュリュ」

後ろから耳もとに、唇が寄せられる。熱い感覚にまた大きく心臓が反応した。

「見つけた」

「ラウール、さま……」

掠《かす》れた声で呟くと、抱きしめる腕がびくりと震える。そのわななきに心が温かく満たされた。この長い間、己の心は冷えきっていたのだと実感させられる。シスランをはじめとしたエルミート村の者たちに支えられ、なによりも双子の健《すこ》やかな成長が幸せだったリュリュだけれど、それでもやはり心の奥から求めているのはただひとり、ラウールにほかならなかったのだ。

「捜していた。おまえを、ずっと……ずっとずっと。俺はずっと、リュリュのことしか考えていなかった」

「あ、あ……っ」

返事をしなければと焦燥した。捜させたこと、手間をかけさせたこと、心配をかけたこと。しかしリュリュの口から洩れるのは意味のない喘ぎばかりで、そのことにまた焦ってしまう。

「なぁ、リュリュ」

ラウールの指が伸ばされて、リュリュの顎を摑んだ。ぎゅっと力を込められて体が震える。

（ラウールさま、だ）

リュリュを求める手の力、指の動き。遠慮なく顎を掴む仕草の細かいところまで胸が痛くなるほどに懐かしい、そしてリュリュは今でも容易にすべてを思い出すことができたのだ。

（私の中には、ずっとずっと……ラウールさまがいた。私がラウールさまから逃げることなど無駄なことだったんだ）

諦念のような、それでいて悦《よろこ》びがリュリュの全身を駆け巡る。そんなリュリュを慰めようというのか励ますつもりなのか、ラウールは抱きしめる腕に力を込めて、強い指がリュリュの唇をぐいとなぞった。

「……あ、っ」

強すぎる力にまた動揺が強くなる。どくどくと打ち続ける心臓は今にも壊れてしまいそうだ。反射的にリュリュは己の左胸に手を押しつけて、するとその上にラウールの大きな骨張った手が重ねられた。込められる力にリュリュの心魂は壊れてしまいそうだ。

「リュリュ……」

熱い声が耳の中に忍び込んでくる。その温度、懐かしい声音、そして触れるラウールの濡れた鼻の感覚にぞくぞくと体の奥をかき混ぜられる。長い間忘れていた身の疼《うず》き、そんな己の浅ましさと、これだけ時間が経ってもなおラウールを、ラウールだけを求めている自分の運命の形をまざまざと実感せずにはいられなかった。

「ここにいたなんて……気づけなかった自分が、情けない」

「そんなこと……！」

吐き捨てるように言ったラウールの声音はどこか懺悔《ざんげ》のようだった。そのような声色を聞きたいわけではない――ラウールの手のぬくもりを感じたままリュリュはそろそろと振り返る。後ろから抱きしめられているせいで正面からは見られないけれど、そんなリュリュを逃がさないようにとでもいうようにラウールの腕の力は痛いほどだ。

「もう、どこにも行かせない」

「ラウール、さま」

そうささやくラウールの唇が、リュリュの耳の端を挟む。きゅっと吸いあげられてぞくぞくと全身が震えた。そんなリュリュの反応に気づいたのだろう、ふっと吹きかけられたのは彼の吐息で、同時に笑いだったのかもしれない。そんな反応に少し心が柔らかくなって、自然にため息がこぼれた。

「俺を見ろ、リュリュ」

「……はい」

努めて肩の力を抜いた。ゆっくりと息を吐き、そして振り返る。焦点がぶれるほどに近くにいるのは艶めいた黒い毛並みの逞しい獣だ。

「ずいぶんと立派になられました……」

「おまえがいないのに、どうして立派になどなれる」

どこか拗《す》ねたようにラウールが言って、その物言いに笑ってしまう。

「どうして笑う」

「だって、ラウールさま……子供、みたい」

「俺はあのときの、子供のままだ」

なおも拗ねた調子でラウールは言った。

「リュリュがいなくなってから、俺は変わっていない……変われない。リュリュがいないのに、どうして俺が成長できるんだ？」

「そんな……」

「俺はリュリュがいなくちゃだめなんだ。リュリュがいないとまともに息もできない」

「……子供、みたい」

「リュリュがいてくれないと、俺はずっと子供だ、子供のままだ。生きていくこともできないんだ」

濡れた鼻が頬にすり寄せられる。その感覚にリュリュは小さく笑った。すん、と小さく音がしたのはラウールが鼻を啜ったのかもしれない。

「泣かないで」

「リュリュがいてくれたら、泣かない」

本人の言う通り、子供のようにラウールは言った。リュリュの胸にまわした腕に力を込めて、そして耳もとにそっとささやいてくる。

「もうどこにも行かせない、リュリュ」

「は、い……」

「この先もずっと、俺だけを見ていろ」

「……、……はい」

声を震わせるリュリュを彼が抱きしめ直して、するとラウールと向かい合わせになる。間近にある彼の顔、懐かしい匂いに抱きしめる腕の強さ。心構えのないまま突然与えられたそれらの威力にリュリュは倒れそうになった。

「おおっと」

しかし実際には転ばなくて済んだ。ラウールの力はリュリュに不安を抱かせるようなものではない。そうやって間近に顔を寄せたラウールの笑みに、にわかに疾《やま》しさが疼いてしまう。

「どうした?」

「いえ……あ、の……」

はっとリュリュは、ラウールの肩越しに人影を見た。ふたつ、どこか遠慮がちに近づいてきた影は愛おしい双子たちだけれど、ラウールは彼らをどう思うのか。双子のアルファ親がラウールであることは、シスランの訓諭もあってリュリュは確信している。しかしそれをラウールが受け入れるかどうかはわからない。それがこの長きに渡ってリュリュを、ラウールとの接触に対してためらわせてきた一番の理由だった。

（ラウールさまが、あの子たちが自分の子供だってわからなかったら……どうしよう？）

ラウールの感覚を疑っているわけではない、しかし当の本人に確かめなければわからないことだ。

（もしも、万が一……ラウールさまが気づかなかったら？）

リュリュの胸の中で、その懸念は痛いほどに大きくなった。尋ねるのは恐ろしい、しかし、と降り積もった感情が爆発する前にリュリュは口を開いた。

「あ、の……」

「ん？」

リュリュが言葉を継ぐ前に背後の気配に気がついたのか、ラウールはその金色の目だけを動かしてちらりと後ろを見た。その唇が小さく弧《こ》を描いて吐息をこぼす。

「あのふたりか。双子だな、目もとがリュリュにそっくりだ」

「あ、あの……ラウールさまの子供のころにも似ています。特に笑ったときの顔が」

そう言ってリュリュは、はっとした。これではリュリュから、双子たちはラウールの子だとアピールしているようなものではないか。彼らのトウアープがラウールだと信じてもらえるか、それを懸念しているというのに自分から口にしてどうするのだ。

「そうかな。自分ではわからないが……？」

「え、っ」

なにを不思議がることもなくラウールは言って指先で自分の頬を撫でた。

「リュリュは、そう思うのか？」

「え、ええ……」

「ならばそうなんだろう」

いかにも普通の調子でそう言うラウールの、なにも気負っていない変わらぬ調子にリュリュの緊張はゆるりとほどけた。

「懸念していたのだろう？」

「え？」

「あの双子が俺とリュリュの子だと俺が信じないのではないかと、心配していたのだろう？」

「……うっ……」

それはその通りで、しかしそうやって言葉にして聞くと自分がいかに愚かであったのか思い知らされる。そんなリュリュの心を読める能力を持っていたらしいラウールは、口の端を持ちあげてにやりと笑った。その笑みはラウールがまったく変わっていない、リュリュが愛したままの彼であると確信させてくれた。

「ふたりとも俺の子だ。俺とリュリュの子だ。その程度のこと、この俺にわからないと思うのか？」

「……ああ」

思わず洩れたため息の色を、ラウールは正しく受け止めてくれたようだ。彼は目を細めて微笑んだ。

「ばかだな。リュリュは心配症すぎる。心配しすぎると、髪が抜けるぞ」

「……ラウールさま」

蘇《よみがえ》る記憶に呆れた声をあげたリュリュに、ラウールは楽しげに笑った。同じことを言ってリュリュを脅えさせた子供のころを思い出させる笑い声は、同時に現在の彼の凛々しさ逞しさをも感じさせてリュリュはどきどきした。

「でも……リュリュ」

彼はにわかに真剣な表情を見せて、リュリュの心臓はまた大きく高鳴る。

「どれだけ心配しても、どれだけ苦労しても、リュリュは変わらない」

嬉しそうに、それでいて照れたようにラウールは呟いた。

「ずっと、今までもこれからも……リュリュは俺の太陽だ。リュリュがいるから俺は生きられる、存在できる。そのことを忘れないでほしい」

「……は、い……」

「リュリュ、おまえは俺の生殺与奪《せいさつよだつ》の権を握っているんだ」

「ラウール、さま……」

「リュリュがいなくちゃ、俺は生きていられない。今度リュリュがいなくなったら、俺は死ぬ」

「そんな、ことを」

冗談だとしても性質《たち》が悪すぎる。リュリュはいったいどのような顔をしたのかラウールは微笑み、そして驚くほどに厳しい顔をした。

「俺は、王になる」

ひゅっ、とリュリュは息を呑んだ。その声音はいつぞや聞いた、しかしあのときよりもさらに深い、この十年のラウールの人生を思わせる口調だった。

「リュリュを離さなくていいように、リュリュが永遠に俺と一緒にいてくれるように。そのために俺は、王になる」

ラウールの金色の瞳は、眩しいほどに輝いた。実際に眼球が発光するわけがない、だからリュリュの気のせいに違いないけれど、それでもラウールが今までにない情熱を持ってリュリュを見つめてきたのは確かに感じられた。

「リュリュのために俺は、すべてを手に入れる」

「——ああ」

リュリュは大きく嘆息した。そのラウールの情熱を、そして笑顔を一生忘れない——否、忘れてしまってもいいのだ。この先いつでも、いつまでも、ラウールは同じ笑顔を、もっと輝かしい笑みをいくらでも何度でもリュリュに見せてくれるのだから。

Episode.9【花の褥にて】

王宮の部屋を懐かしいと思う日が来るとは、夢にも思わなかった。

十年ぶりに王宮に足を踏み入れたリュリュは、恐れていたのだ。しかし辛い思い出しかないはずの王宮は、優しくリュリュを迎えてくれた。通されたのが変わらないラウールの部屋だったことがリュリュを安堵させてくれた。

「ラウール、さま……」

部屋に広がる青い月の光は、広く大きな寝台をぼんやりと照らしている。ラウールは性急にリュリュをそこに引き込んだ。仰向けになったリュリュを四肢の檻《おり》に閉じ込めたラウールは、今まで見たことのない熱情を瞳に宿している。その姿に心臓がうるさく騒いだ。

「ずっとずっと、リュリュとまたこうしたかった」

「もうこんな立派な大人になられましたものを」

それでいて少しばかり呆れた思いで、リュリュは言った。

「そのような……子供じみたことをおっしゃるものではありません」

「いいんだ、リュリュの前では子供で」

「そのようなこと……立派に采配をなさった王太子の言葉として相応《ふさわ》しくありません」

そう言ってリュリュは、口を噤んだ。

「……双子には寛大な処置をいただき、ありがとうございます」

「そんなよそよそしい物言いを」

少しばかり苛立《いらだ》ったようにラウールは言った。はっとしたリュリュに、彼はすぐに笑顔を向ける。

「俺を襲ったのは義侠心《ぎきょうしん》からだ。それは誰の目にも明らかだし、得物《えもの》もあんな小さなナイフで。俺を殺せるわけがない」

「はい……」

ラウールは朗《ほが》らかに笑ったけれどリュリュは恐縮するばかりだ。

「それにあのふたりは、俺の子供じゃないか。子供を助けてなにがおかしい？　たとえ親馬鹿だと言われようとな」

「それは……そうなのですけれど」

リュリュが小さく肩をすくめるとラウールは、まさに子供のような表情を見せた。

「リュリュのほうこそ、いや……リュリュこそ罰せられる理由があるけれどな」

「えっ？」

真面目な表情でラウールが言ったことにリュリュはぎくりとした。そんなリュリュの顔を前に、ラウールはにやりと笑う。

「俺との閨《ねや》に、そんな話を持ち出すなんて」

「あ、っ」

「無粋《ぶすい》だ。不敬だな」

「そ、んな……こ、と」

ラウールの指先がするりとリュリュの顎をすべる。指は節くれ立って逞しく、触れられてまた胸がざわめいた。

「俺以外の誰かに触らせていないだろうな？」

「なにを……」

思わず声が震えた。ラウールの言葉の意味がわからなくて、そして彼がリュリュの心を疑っているのだと気がついた。

「そのようなこと……ありえませんものを」

「いや、違う！　そんなつもりじゃない！」

ラウールは今まで聞いたことのないような慌てた声をあげ、リュリュは驚いて言葉を失ってしまう。その指がリュリュの目もとを擦って、それに彼が慌てた理由を理解した。

「違うんだ、リュリュを疑っているわけでもないし、俺に貞節を誓うべしだなんてそんな驕ったことを思ってるわけでもない！」

なおも焦燥してラウールは声をあげる。それに驚いていたリュリュだったけれど、ラウールの慌てぶりがだんだんおかしくなってきた。思わずくすりと笑ってしまい、するとラウールはますますごくごく幼い子供のような表情になって口を噤んだ。

「リュリュ……？」

「そんな、ラウールさま……私がそのようなことでラウールさまを責めると思いますか」

「えっ？」

ラウールはまた幼な子のような顔をして驚いている。そんな彼の反応がおかしくてリュリュは声に出してくすくすと笑ってしまい、そんな彼にラウールはぽかんとしている。

「は、ははっ」

やがて彼も笑い出した。ふたりの笑い声が低く寝室に響く。先に表情を引き締めたのはラウールで、そのままその薄い唇が近づいてくる。

「ん、っ……」

くちづけられて、淡い声が洩れた。ラウールの唇は薄いながらも柔らかくて熱くて、その感覚だけで体が芯から震えた。

(こんな……まだ、なにもしていないのに)

「くちづけだけで、これほどに反応しているのか」

「あ、っ……」

ラウールはにやりと口の端を持ちあげて、そんな獣じみた荒々しい表情にぞくりとする。そんなリュリュの心の波にラウールは気づいたらしく、微笑んでまたくちづけてきた。

「あ、っ……あ、ああ……っ」

開かれたリュリュの瞼《まぶた》の奥、水色の瞳いっぱいにラウールの顔が映り込む。熱のこもったまなざしは貫かれそうにに注がれていて、胸の鼓動が痛いほどだ。

「ラウール、さま……」

「ああ、リュリュ」

その名を再び呟くことができる、それはたまらない喜びだった。それはラウールも同じようで、薄く開かれた唇が鮮やかに赤い。なにより雄弁なその金の瞳は理性など打ち捨て、奥に燻《くすぶ》るアルファの熱情を露《あらわ》にしていた。

「リュリュを、ずっと……こう、したかった」

呻き声とともに彼は唇を舐めて、唾液で濡れるそれを淫らな吐息が撫でる。それを目にリュリュはふるりと身震いをした。リュリュを見つめるラウールが示す熱量は、明らかに欲情に染まっている。それがたまらなく嬉しくて、リュリュは両腕を伸ばした。

「ラウールさま」

彼は大きく目を見開いて、咽喉を鳴らした。注がれる焼けつくようなまなざしと部屋を染め始めた淫猥《いんわい》な香りは、ふたりだけの閨のものに変化している。

「あ、ああ……っ」

幾久しく感じることのなかった心気に胸を騒がせながらリュリュは、震える呼気を必死に噛み殺した。

「そんな、気負うな」

「で……す、が……」

広げられた大きなラウールの手のひらが、確かめるようにリュリュの腹を撫でまわす。淡く薄く、白い衣服越しに腹部のくぼみをなぞられた。ラウールの指はそれに沿ってすべり、中央の溝《みぞ》をなぞると微かなへこみをつついて擦った。

「う……く、んッ！」

引っかくように指先を曲げられて、リュリュの腹がひくひくと震える。そんな反応を悦ぶように強く臍《へそ》を押し込まれて、リュリュの口からはか細い喘ぎが洩れた。

「このようなところで、反応するんだな」

「臓腑《ぞうふ》が、くすぐられるみたいで……ん、ふッ……ぁ、う！」

「どんな感じだ？」

「こそばゆ、くて……ア、んッ……ぅ、っ」

ラウールの指が動くたびに意図せぬ声が洩れてしまう。それを悦ぶようになおもラウールは指を動かして、その感覚は神経を伝ってリュリュの腹の奥で性感へと変化する。

「あ、あッ、……ん、っ！」

「ふふ……色っぽいな、リュリュ」

ラウールの声が艶めかしい。それに煽られてリュリュの性感はいや増した。彼に触れる手には押し返す力もなく、鍛《きた》えられた胸板に縋りつくばかりだ。

なにしろふたりは、結ばれたアルファとオメガなのだ――ふたりは互いの雙輪《そうりん》であり、それぞれにとっての片翼なのだ。二羽の小鳥が身を寄せ合うようにともに生き、愛し合い、この身朽《く》ちるまで離れることはない――。

ラウールの唇はリュリュに触れ、ちゅくっと小さな音とともに飽きず何度もくちづけてくる。

「……ッ、は、はぁっ、ハっ……」

「これだけで、そんなに息を荒らげて」

「だ、って……」

言い訳するようにリュリュは言葉を濁したけれど、子をなすほどに絆《きずな》の深いふたりなのだ。片翼の発情は媚薬でしかない。じわりとじわりと蕩《とろ》け始めたリュリュの目には、獰猛《どうもう》な獣のように微笑むラウールが映る。

「ずっとずっと、よくしてやる」

「う……く、んッ」

「リュリュが知らないくらいに……永遠に忘れられないくらいに、よくしてやる」

ラウールの唇はリュリュのそれを求めて重なってきて、少し唇を開くと厚い舌がぬるりと差し込まれる。うごめくそれはリュリュの歯列を蹂躙《じゅうりん》し唇を遠慮なく犯して、そんな傍若無人《ぼうじゃくぶじん》さとは裏腹の柔らかさと甘さを知らしめてくる。

「っ、ふう……っ」

追い立てられるがままに声をあげるリュリュの白い衣装に、ラウールの手がすべる。ゆるゆるとうごめく指が胸へと肌を辿った。

「……うん、ッ」

平らな胸を撫でる手のひらを、ぷつりと勃ちあがった硬い突起が触れただろう。慎ましやかながらに存在を主張する、左右の小さな粒への刺激にこらえきれずに甘い吐息がこぼれ、それに気づかないはずがないラウールの舌はくすぐるように歯列を舐めて口腔《こうこう》に挿《は》り込む。

「っは、はあッ、はぁっ……」

「ここ……感じているんだな」

意地悪く繰り返し指が突いて、すると突起は勃ってささやかながらに衣装を持ちあげる。唇を貪られて呼吸が思うようにならず、その苦しさにリュリュはせつなく眉間に皺を寄せた。

「そんな、苦しそうな顔をして」

「だ、って……」

対照的にラウールは涼しげに笑っている。それが憎らしくて握った拳でその胸板を叩く。しかし快感に呑まれているリュリュの手に力が入るわけはなく、駄々っ子がわがままを言っているようにしかならなかった。

「リュリュ、かわいいな」

「かわ、いいとか……言わないで、ください……」

笑うラウールの黒い艶のある毛並みが少しばかり湿っている。その肌が汗ばんでいることに、彼がリュリュに興奮しているのだと体の奥が熱くなる。ラウールは目を細め、その咽喉が生唾を呑み込んで艶めかしくこくりと鳴った。

「ん、っ……」

ラウールの手が胸もとに触れてきて、反応して体が大きく跳ねた。彼の手は白い花衣をめくって左右に開く。微かな汗に貼りついた衣が体の線を浮かせてた。薄い布は淡く濡れて、透けて、ほのかに染まった肌の色を隠してはくれない。

「ふふ……もう、反応してるんだな」

「……っ、ふは、あっ……」

ラウールが小さく笑った。彼の笑声はリュリュの心を温かく染め、同時に体の中で目覚めた欲情が熱く燃えあがるのを制御できない。

「あ、ああ……っ」

「ここも、ほら」

ほのかに血の色を帯びているリュリュの胸を、ラウールの節の目立つ指がなぞり始める。指がするりと円を描く中央では、白い肌に淡い紅《くれない》の突起が息づいている。呼吸とともに上下するそれは薄い衣に透けていた。

「あ、あっ……ん、ァ！」

「もっと声を聞かせてくれ」

ラウールの指が壊れものを扱うように淡紅をつまむ。体の中心を貫いた快感に震えて慌てて唇を噛みしめるけれどこぼれた吐息は甘く、逃げようとしたのにかえってその余韻にとらわれてしまう。

「あァ……ん、ぁ、あ、あッ！」

ひくりと背が震え、ラウールの肩を押し返そうとする手に力がこもった。ラウールが布を左右に引いて、赤く浮いた小さな突起が露になる。

「ふ、あ……！」

こぼれたリュリュの声に、ラウールは嬉しそうに咽喉を鳴らした。まるで野獣のようで、アルファの本性はやはり獣なのだと、その荒々しい腕に組み敷かれる悦びにリュリュは改めて身を震わせた。

「リュリュの、気持ちよさそうな顔……たまらないな」

「ラウールさ、まも……悦《い》い、ですか……っ？」

「もちろんだ」

呟くラウールの指はリュリュの胸をなぞりながら、薄い肉づきの間の骨の硬さを味わうようにくすぐってくる。ラウールの指先の触れる先から焦《こ》げついてしまいそうな錯覚に、また震えた。

胸から腹へとすべるラウールの手が腰へと伸びる。やはり骨の形を確かめるように、薄い下腹部に股関節に触れて、手のひらはそのまま腿へと触れてくる。

「ん……っ、ふう、ッ……」

「きれいな脚だ」

下肢を覆う衣の布は薄すぎて、攻撃者を阻《はば》んでくれない。だからこその花衣なのだとわかってはいるけれど、どうしようもない羞恥心を救う味方にはなってくれなくてラウールから視線を逸らせてしまう。

「恥ずかしい？」

「は、い……」

こくりとリュリュが頷くと、ラウールは声を震わせて笑った。

「恥ずかしがることなんか、ないのに」

「でも……こ、んな……」

今までこれほどに羞恥を感じたことがあっただろうか。記憶を辿ったリュリュは、この『恥ずかしい』という気持ちはすなわちリュリュがラウールを特別に意識しているから、なぜなら彼を愛しているからなのだと実感したのだ。

「ラウールさまが、好きだから……恥ずかしい、です」

リュリュが言うと、ラウールは大きく何度もまばたきをした。そして表情を歪めたのはなにゆえか、リュリュが思い及ぶ前に彼の手はリュリュの腿に触れてきた。

「ん……っ、ふは、あ、っ……！」

張りつめた肌が湿っているのに気づかれただろう。またたまらない羞恥が湧きあがる。ラウールの手は肌の心地を楽しむようにすべって側面にまわり、腿を何度もなぞった。指を押し返す弾力を悦ぶように何度も肌を撫で、指先は柔らかい肉に食い込む。

「心地いいな」

「な、にを……」

リュリュの体をもてあそぶラウールに、反論しようとした。しかし彼はくすくすと笑うばかりでなおもリュリュに触れてくる。それがいやではないので、結局リュリュはすべてを受け入れるのだ。

「ん、ああ、あっ……ん、ァ」

ゆるりと脚を開かされて、その間にラウールの鼠蹊部《そけいぶ》が押しつけられた。息を呑んで裸足の爪先に力を込める。逃げ場をなくした踵《かかと》が空《くう》を蹴り、ふるふると小刻みに震えた。

「きれいだな……ここも、ここも」

「ん、あ、あっ……は、ぁ」

下肢を押しつけたままラウールは、内腿を撫でてくる。わずかに乗った脂肪の柔らかさを堪能《たんのう》するように彼は手のひらをすべらせて、五指を沈ませてはくくっと揉んだ。たわむ肉に彼の指が柔らかさを楽しむように食い込んでくる。

「あ、うぁ……は、あっ」

ラウールの指の動きに、洩れる呼気が荒くなる。震える腿の間には、愛撫に力を得た自身が隠しようもなくそそり勃っている。ラウールの人差し指が、勃起した屹立をあやして優しくなぞった。

「ひ、っ……んッ、はっ、んんっ！」

「リュ、リュ……」

感じ入るように眉根を寄せたラウールがじっと見つめてきて、そのまなざしにまた大きく心が騒ぐ。

「リュリュも、こんなに……？」

噛みしめたラウールの唇からは、微かに荒い息が洩れている。淡く上気した目もとはその欲情のほどを示している。見つめてくる金の瞳が潤んで、どろりとした欲望が投げかけられる。それがたまらなく心地よくて、リュリュは腕を伸ばすと黒い被毛の獣頭を抱き寄せた。

「リュリュ……？」

「ん、んっ！」

そのままたまらず、噛みつくようにくちづけた。自制から解かれたリュリュは、愛しい者の唾液を啜ろうとがむしゃらに舌をうねらせる。その白銀の髪を、ラウールの大きな手が愛おしむように撫でた。

「んあっ、あ、っん、ァっ」

舌が絡んで、やたらに淫らな水音が脳内に反響する。ぼうっと遠く、ラウールの微かな喘ぎ声が聞こえた。同時に感じる匂い立つような肌の温度に煽られて、唇の端から唾液が顎にしたたった。

「は……あ、あっ……」

ちゅくっと音を立てて唇が離れ、惜しむ声が洩れる。もっと味わいたかったのに、と言葉にする前にラウールが頰に唇を落としてきた。リュリュの華奢《きゃしゃ》な腰がぐいと強くつかまれる。引き寄せられて下肢が浮いた。

「あ、あ……あっ？」

さらに急《せ》いた仕草でラウールが覆いかぶさってくる。リュリュの両手の甲に指を這わせて、艶めかしく敏感な皮膚をなぞりながらラウールは、そっと耳朶《みみたぶ》を前歯に挟んだ。

「あ、んぅ……ああっ、っん……ァ、あ！」

「感じるんだな」

感嘆するかのようにラウールはしみじみと呟いた。

「俺が触れて……リュリュは気持ちいいんだな」

「も、ちろん……で、す」

荒い呼気とともにリュリュはささやいた。声は掠れてうまく形になっていなかったけれど、ラウールはちゃんと聞き取ってくれたようだ。彼は嬉しげに微笑んだ。

「ラウールさま、だから。ラウールさまに触れられている、から」

「そうか」

満たされた表情でそう言って、ラウールはなおもリュリュを愛撫した。おくれ毛が張りついたうなじを優しく嚙みながら、両手で腋《わき》から腰をゆるゆると確かめるようになぞっていく。愛おしい者に愛されてひくりと竦んだ首筋に、ラウールの厚くてざらざらした舌が這う。

「リュリュは、甘いな」

ラウールがうっとりと目を細める肌に触れてくる手が腰から再び胸へとすべって辿り着き、迫りあがる欲情を隠しきれない胸の先端をきゅっと摘《つ》まむ。少しばかり腫れた乳暈《にゅううん》は形を変えて、乳首は硬く頭をもたげてラウールの指を悦んだ。爪で押し込み引っかいて、ゆるりと引き伸ばしては指を離す。

「ふぁ、ん……あっ、あ、ア、あぁ……ああっ！」

執拗な愛撫に、リュリュの咽喉が仰け反り嬌声《きょうせい》が迸《ほとばし》った。白銀の髪を振り乱し、ラウールの頰に自分のそれを何度も押しつけながらリュリュは声をあげて全身を震わせた。

「ああ……あう、あ、んア、あふっ！」

「すごいな、ここ……こんな、硬くなっている」

「そこ、だめで、すっ」

「悦んでるくせに？」

　自らの興奮を隠さず、そのうえでこうやってリュリュを攻める手口は憎らしいほどだ。だからこそリュリュはなおも煽られて、すでにまともな言葉を継げなくなっている。

「あ、んあ、イく、ぅ……ッ、っ……んっ」

「イく、か？」

「あ、あっ……んァ、あ！」

「乳首だけで、イけるんだな」

「う、あ……っ」

　リュリュは唇を震わせて、はくはくと息をするしかない。そんな己の片翼にラウールは淫らに微笑みかけて、そしてふふっと妖しく笑う。ラウールの熱い吐息は、リュリュの敏感な耳を優しく撫でた。

「……あ、っひ、ゃあっ！」

　その感覚に、ぞわりと大きく背筋が震えた。浮きあがった臀《しり》に押しつけられるラウールの欲望は、充分過ぎるほどに高い熱を帯びていた。新たにぞくりと背が震える。

「あ、っ……こ、れ……っ」

「早く、おまえの中に挿りたい」

ラウールの情欲をどろどろに浴びせられて、ただでさえ形を失っていたリュリュの理性はとろとろと溶けていく。うっすらと汗に濡れた全身を寄せて、ラウールに甘え誘うために開かれた両脚の間に、すらりと逞しい脚が割り込んだ。

「んあ、あ……あ、っ……」

「……はぁ、っ」

勃ちあがった陰茎の下部分を、硬い先端でつつくように何度も押される。たちまち増していく圧迫感に、リュリュの嬌声が湿度を増した。臀が寝台から浮きあがって、開いた脚がラウールの腰を挟み込む。

「……挿れたい」

「あ、ふ、ぅ……ン」

炎を宿すふたりの体は互いだけを求めていて、ひとつにならずには熱が治まるわけがなかった。切羽詰まったようなラウールの呻きにリュリュは微笑み、そっと手を伸ばす。ラウールの衣装の下、首をもたげた陽物《ようぶつ》がぬるりと姿を現した。滲み出すもので濡れているのが布越しにもわかる。

か細くリュリュは啼《な》いて、自ら秘所を押しつけた。

「は、やく……」

特別に甘い誘い言葉だったわけではない、それでもラウールが固唾を吞んで、その身に宿る欲情を隠しもしなかったから、つられるようにリュリュの催促はあからさまなものになる。

「ねぇ、ラウールさま……ここ、私、の……中、へ」

まとう花衣をたくしあげて、ラウールにさんざんなぞられた白い内腿がしっとりと汗で光っているのを見せつける。ひくりと震える肉洞の口はほのかに紅色に膨らんで、獣のように荒い息を洩らすラウールが下着の紐《ひも》を指先で退けて、リュリュの秘所は恥じることもなく片翼の目にその姿を晒した。

「ひゃ……あぅ、ッ……」

すでにあふれ出たもので濡れそぼったリュリュの秘奥を、ラウールはいきなり犯したりはしなかった。少し震えている彼の指は臀の狭間《はざま》にすべり込み、薄い皮膚をくすぐりながら透明な愛液をこぼす淫処の縁《ふち》に指先をかけた。薄い唇を舐めて湿らせると、ぱかりと開いたその間から唾液をまとわせた真っ赤な舌が迷いなく伸びた。

「ひ、ィっ！」

火照《ほて》って拡がる肉口へ舌が入り込み、同時に指が一本挿る。舌と指が感じるしこりを押し潰しながら、同時にもうひとつの手が陰茎を撫であげた。

「や、だぁ、なかぁ……ッ、ひぃ、っ！」

思わぬ刺激に、リュリュは大きく目を見開いて啼いた。涙が幾筋もしたたり落ちたけれど、それは悲しみの涙ではないのだ。

「ひゃ、あ、あ、あぅッ！　あぁ、あ……やめ、んんッ」

「ん……こっちも、いい反応だな……？」

「え、ラ、ウール、さ……っひゃ、ぁっ！」

細く尖った舌先が、小さな孔の中を這いまわった。獣の厚い舌は入口をこじ開け内側を捏《こ》ねまわし、隘路《あいろ》を溶かしてさらに拡げる動きを繰り返した。

「も、う……い、い……もう、挿れ、て……ッ、っ！」

ラウールが秘所に這わせる舌の柔らかさ、媚肉に触れる生温い吐息――彼がためらわずに繋がるための場所を舐めていることに、なおも昂《たか》ぶる羞恥と高揚《こうよう》にリュリュは激しく喘いだ。

「あ、あ……イくっ、イく、ッ」

「いい、イって……見せて、くれ」

「あ、ん……あ、イく、ぅ……っ……」

リュリュの陰茎に絡んだ指が、それを何度も扱《しご》く。明らかな意思を持ってリュリュを追い立てる動き、ともに内部でうごめく舌は円を描いて媚壁を拡げ、前を指に、後ろを舌に翻弄されて逃げられないリュリュは何度も下肢を痙攣《けいれん》させた。

「あァ……ん、ぁ……あ、ああッ！」

ラウールの肩に突いた手がわななないて、爪が肌をひっかいた。脈打つ竿がどくどくとラウールの手の中で震え、後腔は犯してくる舌を締めつけた。ひくひくと引き攣《つ》る淫壁を、厚い舌が追いつめる。

「ア、っあ……あぁ、ひあ、っくる、いや、あっ！」

「イけ」

耳慣れないラウールの命令の言葉は、ことさらにリュリュを煽り立てた。指先が鈴口に立てられたのと同時に、内腿が痙攣して爪先が空《くう》を蹴る。弾け出た精液をラウールの手のひらが受け止めた。根もとから出し尽くすように扱かれると大きく跳ねたリュリュの肢体からは力が抜けて、それでも後孔はせつなく舌を締めつけた。

「ふふ、たくさん出たな。いい子だ、リュリュ」

「はっ、ハ、あ……あ、ンぅ……」

射精の余韻に蕩けているリュリュの顎を摑んで、ラウールが奪うようにくちづけた。甘い唾液にリュリュは夢中で応えようとする。

「ん、ん……ぅ、んっ」

ラウールの舌を追うリュリュの下肢で、ラウールの指があふれる愛液と吐き出したばかりの精液を秘所に塗りつける。ひくひくと震えるぽってりと紅《くれない》に染まったそこが充分緩まっていることを確認して、自身の衣装をまくりあげた。

「あ、っ……う、っ」

思わずリュリュは声を洩らす。ラウールの手がうごめいて、ぶるりと雄々しく陽物が現れた。

その重量を思わせる勃起した陽根は生々しく血管を浮かせて、赤黒い亀頭がぬらりと張り出している。太い幹も淫液に濡れ光っていて、目にするだけで全身にぞくぞくと怖気が走った。

「んあ、は、やく……」

ほどけきった秘所に擦りつけられる陽根に、リュリュは陶然《とうぜん》と舌を見せた。見つめる瞳は片翼であるアルファの欲を待つオメガのものだ。

「挿れる、ぞ」

「ん、んぅ……ん、っ」

人形のようにこくこくと頷くリュリュのうなじに、尖った獣の牙が立てられた。ラウールの大きな両手が、汗に濡れた花衣をまとわりつかせた薄い腰骨を摑む。そっと脚を伸ばしてラウールの腰に絡め、リュリュは引きずるように片割れを己へと引き寄せた。快感と期待に震える秘所が、ひくひくと反応している。

「ひ、あ、うあ……あッ」

ぐっと高く腰があがる。臀肉の奥ではラウールを待ち受ける入口がくぱりと開いていた。伸ばした腕でラウールの首に縋るリュリュの瞳は期待に濡れてただひとり、ラウールだけを見つめている。しきりに涎《よだれ》を垂れ流すラウール自身の切っ先が、ぽてりと膨らんだ縁へと嵌まり込んだ。

「ん、あ……あ、ぅ……っく、あ！」

「ッ、きつ……いな……」

ラウールは苦しそうな呼気とともに、リュリュの内壁をずくずくと犯した。隘路は獣の欲望を咥《くわ》え込んで、ひくひくとうごめいている。執拗なまでに慣らされていた秘所はすんなりと拡がって切っ先を呑み込んだけれど、中は震えながらきつく侵入者を締めつける。媚肉のきつさに奥歯を噛みしめるラウールの額から、ひと筋汗がしたたり落ちた。

「いやっ、め、らめら、でちゃ、ア、ああっ」

「またイくか？　なら、イけ」

ぎらぎらと瞳を燃やしながら、ラウールは容赦のない律動を繰り返す。リュリュの首筋にしたたる汗を舐め取り、ときに噛みつき、甘いささやきを流し込んで悦びに秘所が蕩ける瞬間を狙って、なおも激しく腰を突き立ててくる。溶け始めた肉の壁がゆるゆると開き、突き込んだ先端をくちゅりと吸いあげるのがリュリュ自身にも感じられた。

「ふッ、く……っ」

「っ、あ、アっ……んあッ、ひァ……あ」

念入りにほぐされた秘奥に突き立てられた逞しい男根は、じわじわと肉の輪を破って沈み込み、やがて根もとが音を立てて狭い胎内に嵌まり込んだ。

「ん、ぁっ……」

「あう、ふ、あァ！」

暴かれてわななく胎内を突き、深くまでを犯す太く硬い質量に、リュリュはしばし動きを止めた。ふたりの乱れた呼気が絡まり互いの聴覚にはそれだけになって、ふたりだけの小さな世界が生まれる。

「……動く、ぞ」

「はッ、あ、あぅ、っ……んっ」

「……っ、はっ」

甘く蕩けた肉を擦られる摩擦は大きく、そのたまらない愉悦が背を震わせた。淡い色の媚肉は捲れて、出入りする赤黒い陽物へとまとわりつく。征服者はずるずる浅くまで引き抜いて、間髪《かんはつ》容《い》れずにずくんと突き立て、続けて締めつけに逆らってぐぐっと繋がりを解く。

「っひァ……はげし、ン……ぁ！」

荒々しい律動と呼吸に、リュリュの腹がひくひくと波打つ。ゆっくり単調な動きを繰り返されて、熟《う》れた内壁がますます甘く蕩けてぬかるんでくる。粘ついた水音が漣《さざなみ》のように響き、奥はゆるゆると溶け始めた。唯一そこを犯すことを許された侵入者がさらに奥を突いて、リュリュはなおも嬌声をこぼす。

「あ、ア……っ、んあッ、ひ、ァ、あぅ……ふ、ァっ！」

「はぁっ……ふ、うっ……」

媚肉がまとわりつくのをまざまざと感じながら、馴染んだのを見計らったラウールが動きを深くする。壁に擦りつけながら引き抜き、さらに激しく根もとまで突き立てる。何度も淫らな水音とともにかきまわしてはわざといいところを外し、リュリュが泣き出す前にもっとも感じるところを狙って擦り立てる。

「あ、くッ……！　あ、アあ……っ、ア……！」

「ふ、うっ……」

激しくなる動きと快楽にこぼれる嬌声が寝室に響き渡り、しかしもう恥ずかしいと思う余裕すらない。首をもたげた陰茎がふるふると揺れて、半透明の淫液が伝ってしたたっている。

「あぁッ……、あ、ア……んあ、っ！」

ラウールの手は宥めるようにリュリュの腿を撫で、同時に咥え込ませた欲芯はなおも擦り立て内壁を暴く。そんな荒々しい動きに媚肉は縋るように甘え、欲望をきゅうと締めつけた。ラウールが低く呻きをあげるのがさらにリュリュを煽り立てる。

「ん、あ……ラ、ウール、さま……あ」

懸命に縋って首に腕をまわすリュリュに、ラウールが顔を寄せる。伸ばされた舌につられるように、リュリュも口を開けた。情熱に染まった赤い舌がぴちゃぴちゃと絡んで、燃えあがるふたりの体温は、部屋にこもる淫らな空気と境界が曖昧《あいまい》になっている。

「っひァ、あ……おく、うッ……お、く、あッ、はげし……ンぁ、ああっ！」

「……ん、ふぅ……ッ」

獣じみた律動がどんどんと激しくなる。爪先まできゅっと伸ばして脚をラウールの腰に絡め、すると接合が深くなってますます激しくリュリュは喘いだ。

「あ、ン……ぁ、ア、おおき、ぃッ、らめ、んっ、ん……んは、ッ！」

もっと、と求めてリュリュはぐりぐりと腰を押しつける。応えるようにラウールの下肢はなおも食らいついて、ひどく攻められた。生々しく肉のぶつかる音が部屋に響き、頑丈なはずの寝台が軋む音が交じる。絡みつく脚は震えてしまい、もう力の加減などできなかった。性の艶めいた匂いが混じり合い、部屋に満ちるのがますますの興奮を誘った。頭の芯までがひりひりと痺れる。

「あッ、う、んっ……！　ん、くッ！」

「っふ、っ……出す、ぞ……ッ……」

「アあぁっ、イくッ！　わ、たしも、ッ、う！」

力強い指が腰の骨にかかって、しかし今のリュリュには痛みさえもが心地いい。ラウールがこの体に興奮し、我を忘れるほど耽溺《たんでき》しているというのがリュリュをたまらなくさせる。

「あ！　イく、いっしょ、い……ッ……！」

「リュ、リュ……っ……」

ラウールが腰の動きを速めた。結合部がじゅくじゅくと泡立つ。なおも容赦なく最奥《さいおう》を穿《うが》つ切っ先に反応して、こらえられない嬌声は部屋の淫らな空気の中へと溶け込んでいく。

華奢な腰に手をかけて深くを穿っていたラウールが極まる一歩手前、ふと手を離した。リュリュが驚くのと同時に彼は強く手首を摑んできて、ぐいと力任せに引き寄せた。

「あ、くう、ッ……あ、アあぁ、あ……、っ、ア……あ！」

より結合が深くなり、ラウール自身の切っ先がより深いところの肉を突き、最奥まで突き込んだと同時に、灼熱の白濁が流し込まれた。

「っあ、んぁ……あ、あッ……んっ！」

「は、あっ……っ、はッ、は……」

リュリュの震える性徴《せいちょう》から、精液が腹に跳ねた。後胎を抉《えぐ》られる快感と射精の愉悦に全身を引きつらせるリュリュを抱きしめながら、ラウールはなおも執拗に深くまで突く。そんな片翼の動きを悦び、搾《しぼ》り取るかのような胎《はら》の奥に最後の一滴までを注ぎ込むと、ラウールは大きく息を吐きながら改めてリュリュを抱きしめ、そのうなじに顔を埋めた。

「は、あ、あっ……」

「んぁ……あ、あッ……んっ……ん、っ」

力任せにラウールに抱きしめられて、長引く絶頂に体がひくひくと跳ねる。そんなリュリュを宥めるように、ともすればさらに追い立てるようにラウールはうなじにがぷりと噛みついてきた。

「ひ、あっ！」

「おかしな声を出して」

噛みつく力は緩めないまま、ラウールはくすくすと笑う。先ほどから何度かうなじに噛みつかれたけれど、このたび全身に走った感覚は今までにないものだった。体の芯からラウールの色に書き換えられたかのような、細胞のすべてが愛おしい感覚に染められたかのような——どう説明していいものかわからないまま、リュリュはラウールに縋り抱きついた。

「い、う……っ、んっ……ッ」

リュリュの髪を指先で梳きながら、ラウールがゆっくりと腰を引いて繋がりを解く。引き抜かれる陽根を引き止めようとして、粘膜がぬるりとまとわりつく。神経の張りつめる体はそれだけで熱くわななないて、洩れる吐息は艶めいて濡れている。

「ん、あっ、はぁ……あ、あ」

懸命に引き止めようとしても、淫液をまとわりつかせてぬめる男根は、くちゅんという水音とともに抜け出てしまった。

「ん、んっ」

「惜しそうな声だな」

「だ、って……ァ、ひっ」

思わず拗ねた声をあげてしまい、涙に濡れた目をゆるゆると見開くとラウールの金色の瞳が目の前にあった。縋るようにそれを見つめると、ラウールが小さくくすくすと笑う。つられてリュリュも掠れた笑い声をこぼした。笑いながら自身の放った精液で汚れた腹を撫でた。

「ラウールさまの、子胤が……私の、中に」

「ふふ……また孕むか？」

どこか偽悪的にラウールは言うけれど、それがリュリュへの愛情ゆえの言葉であるとリュリュにはわかっている。てらうことなく彼の愛を受け止めることを許された今、リュリュにためらいはなかった。

どこか性急にくちづけられて、裏腹に焦らすようにゆっくりと唇が離れる。荒い呼吸の狭間で銀色の糸が艶めかしく光った。追うように舌を伸ばすと、先端をちゅくりと舐められる。

「ん、っ……ん、んっ……」

「手に入れた」

そうささやいて、ラウールは微笑む。その指先は確かめるようにリュリュの輪郭を辿った。

「運命の流れの中で、俺はずっとリュリュを捜していた。ここにこうやって、運命という鎖、道具を使って俺がリュリュを引き寄せたんだ」

呻くように言って、ラウールはまたくちづけてきた。

「なにを利用してでも、どんな手を使ってでも、俺はリュリュを俺のものにする。俺たちは定められた、運命のつがいなんだから」

「つがい……?」

知っている言葉ではあるけれど、ここで耳にするのはあまりにも意外だ。リュリュはきょとんと目を見開き、そんな彼をラウールは見つめて、そして艶美にゆるりと微笑んだ。

「とらえた、もう離さない」

それは単にリュリュがラウールのものであるという意思の表明だけではなく、リュリュが唯一無二の存在でありラウールの『つがい』であることを確認する言葉だった。ごくりと咽喉が鳴る。

「リュリュのために、俺は王になる」

「俺がこの世界のすべてを変える。リュリュのために、なにもかもを手に入れるんだ」

「あ、あ……っ……」

啞然とリュリュは、意味のない声をあげた。記憶の始まったときからそのような言葉を聞かせてもらったことはない。誰にも求められたことはない——リュリュは不要な人間だった。孕むことのない役立たずのオメガだった。なのに、今は。

「……ッは、はぁっ、ハあ、っ！」

リュリュの感慨はすぐに吹き飛んだ。しなる腰をまた深くまで突きあげながら、ラウールの舌がまるで獣のように汗まみれの頬を舐める。

「足りない。もっとリュリュがほしい」

「いいッ、あ……は、ァっ、はげし、ン……っ！」

つがいの熱を咥え込んだままの秘所は悦んで、再びの淫欲を受け入れる。震える手に、ラウールのそれが重なった。

「すご……ぉ、あ、ひ、っ……ひ、あ！」

彼を吞み込んで締めつける蠕動《ぜんどう》は意識しないままに強く、自らの蜜襞が蜿蜒《えんえん》としている感覚さ

えもがまざまざと感じられた。ずくりと根もとまで突き込まれて、するとラウールの先端が今までとは違う箇所に触れる。なおもリュリュを感じさせる的確な角度で突かれて、胎がうねうねとうごめいた。ざわりと漣のように、全身に細かな痙攣が走っていく。

「ラ、ウール、さ……ま、あ……ふぁ、あうっ……ん、ンんっ」

「は、あ……っ、う……」

ぱらぱらと、理性が剝がれていく音が聞こえた。

epilogue【まだ見ぬ未来】

ドミナンスアルファという、アルファ種の中でも特に優れた種類の人間がいる。

この世のほとんどの人間はベータ種で、アルファの出現率はとても低い。さらにはオメガ種も存在するけれど、通常生きていて会える確率は天文学的数字だと言われている。

それほど稀《まれ》なオメガ種の中『ドミナンスオメガ』と称される人間がいるという。伝承にすらならない、噂話にしてもあまりにも根拠が曖昧すぎる、そんな存在だ。ドミナンスと冠される以上通常のオメガよりも強い『なにか』を持つのだろう。しかしそれがなんであるかさえも伝わっている情報があまりに少なすぎる。

――この世界の、方角にして西方に位置する大国、バシュロ王国の新王はドミナンスアルファだ。

その『運命のつがい』たる片翼は、その稀なるドミナンスオメガだという。今までに例のない唯一だとされるその存在は同時にバシュロ王国にて初めて『アーチャリズナー』たる、王と同等の身分の冠された存在となった。

ドミナンスオメガという特殊な種のオメガが今後も見い出されるのかどうかは、何者にも断ずることはできない。なにもかも、運命の歯車のまわるがままなのだ。


（終）

あとがき

前作（『辺境の金獣王』）のあとがきの続きです。部屋の灯りは知らぬうちに主電源が切れていただけでした。今でも元気に動いています。

というわけでこんにちは、お手に取っていただきありがとうございます。今作は『愛淫オメガバース』シリーズ（シリーズなんでしょうか？）三作中、時系列では最初に来ます。アルファやオメガについてまだなにもわかってない時代のお話で、そののちでもわからないことは多いんですが、だからよりオメガが差別されていたりそんな中でも主人公のリュリュは特殊なオメガなので云々、そういうお話です。いろいろ未知の真実を含ませて書くのは楽しかったです。この世界はあらゆる時代を切り取って、いくらでも物語を引き出せそうな気がしますね。

本文中、この世界の特殊用語がいくつか出てきます。『辺境の金獣王』でも『王妃＝アーチャリズナー略してアーチャ』との用語が出てきましたが、『王妃』というのは単に王の伴侶という意味で性別を限定したわけではないのですが、ほかに適当な言葉がないので使っているだけです悪しからず。それで思い出したんですが『嬲』って字がありますが、『女男女』と書く文字が歌舞伎の演目にあります。なんて読むんだろう……？

って、今回本文中に出てきた特殊用語ですが

・トゥアープ……アルファの親
・トゥアミア……オメガの親
・リンリー……ラウールとリュリュの子供たちのリュリュの呼び名
ですね。この世界だけの用語、私のオリジナルなのでここにしか存在しません。こうやって書くとどうってことないのですが決めるのになぜかものすごく苦労しました。担当さんに相談したんですが「(リュリュの呼び名は)母上でいいんじゃないですか?」と言われて「なるほど」となりました。私は古い人間なので、BLは『目になれなかったスイミーに「黒いあなたが好き」と言ってくれる唯一の存在との箱庭』だったんですが、昨今では『スイミーが赤に偽装するための手段』なのですね。世間の『普通』に迎合しないと生きにくいしわざわざ苦労する必要はないので、こうやってBLは正しい方向に進化しているのだと新たな学びを得ました。

先週、めっちゃ転びました。それはもう声も出ないくらいに激しくコンクリの地面に全身叩きつけられ、いい歳した大人なのに……と地面に倒れたまま唖然としました。腕はえぐく擦り剝くしメガネのレンズには傷がいくし。その衝撃ゆえか耳の中が痛くなるし左手の指はトイレでぱんつの上げ下ろしも辛いくらいに痛いし。耳鼻科では特に異常はなかったので日にち薬だと思うんですけど、整形外科は待合室にお年寄りがぎゅうぎゅう詰まっていたので回れ右しました。そんなわけでぱんつ問題はどうにかなりましたがまだ痛いです。たぶん突き指だと思うし右利きなのでそこまで生活に困らないのですが、でもいつまで痛いんだろう……痛い（泣）。それ以外にもなんかここしばらく不幸なことが重なって本気でお祓いに行く勢いなのですが、それよりも来《きた》る推し俳優の舞台が無事開催されるように身を慎みおとなしくしているほうが大切だと思います。万が一私が無自覚感染していて感染源になって以降の公演中止とかなったら一生後悔する……そんな感じで現在COVID-19が猛威を振るっていますが、百年に一度のパンデミックの中、世間のさまざまが歴史に繰り返されているまんまで「歴史は繰り返す……」と感心しています。マスクやうがい薬が売り切れたり人工ウイルス説がはびこったり、「ただの風邪」（風邪でも死にますけど）って「異端な俺カコイイ」な人が出てきたり、何千年経っても人間のやることは変わらない、現在もまた生きている歴史の只中なんだなぁと実感することしきりです。

今回はＣｉｅｌ先生に挿画をお願いしました。繊細な美しさにただただため息です。傷つきやすくて感受性が鋭いリュリュが、ガラスでできているかのように繊細に表現されていて、ラウールも一騎当千だけれど強靭なばかりというわけでもない部分を細密に現す画をありがとうございました。担当さん、編集部のかたがた、お世話になりました。そして読んでくださったあなたに最大級の御礼を申しあげます。どうぞ御身、ご自愛のほどを。

はるの紗帆

初出一覧

黒獣王の珠玉　　／書き下ろし

ビーボーイスラッシュノベルズを
お買い上げいただきありがとうございます。
この本を読んでのご意見・ご感想をお待ちしております。

〒162-0825　東京都新宿区神楽坂6-46
ローベル神楽坂ビル4F
株式会社リブレ内　編集部

アンケート受付中
リブレ公式サイト　https://libre-inc.co.jp
TOPページの「アンケート」からお入りください。

SLASH
B-BOY NOVELS

黒獣王の珠玉　愛淫オメガバース

2020年9月20日　　第1刷発行

■著　者　　はるの紗帆

■発行者　　太田歳子
■発行所　　株式会社リブレ

〒162-0825　東京都新宿区神楽坂6-46　ローベル神楽坂ビル
■営　業　　電話／03-3235-7405　FAX／03-3235-0342
■編　集　　電話／03-3235-0317

■印刷所　　株式会社光邦

Printed in Japan
ISBN 978-4-7997-4604-2